中公文庫

悪党の裔（上）

新装版

北方謙三

中央公論新社

目次

丹波
近江
延暦寺
六波羅
京都
摂津
山崎
山城
久々知
城
兵庫
湊川
尼崎
河内
笠置山
伊賀
信貴山
内
岸和田
赤坂城
千早城
葛城山
金剛山
吉野
伊勢
大和
紀伊

美作
播磨
佐用庄
白旗城
赤松村
来栖庄
備前
船坂峠
矢野庄
福泊
千種川
讃岐
淡路
和
阿波
畿内図

悪党の裔　上

第一章　遠い時

1

犬が哮《ほ》えていた。

風がやみ、ほかにはなにも聞えなかった。

夜明け前で、闇が凍《い》てつくような寒さだ。足を動かすと、霜柱の崩れる音が耳に届いてくる。もう、半刻《はんとき》はじっとしているだろうか。陽《ひ》が昇るのはすぐだろう。

「光義《みつよし》」

円心《えんしん》が呼ぶと、霜柱の崩れる音が三度聞えた。

「兵を半数に分けて、丘を駈けさせてこい。躰《からだ》を暖めさせるのだ」

兵の数は、およそ百五十である。低い返事をした中山《なかやま》光義が、霜柱が崩れる音をさせて遠ざかっていく。後姿も、闇に紛れて見えはしなかった。

吐く息の白さがなんとか見てとれる明るさになったころ、兵たちは戻ってきた。人の肌が発する熱を、円心はかすかに感じた。空の端が色づきはじめると、陽が昇るのは早い。

物見に出していた二人が戻ってきた。

荷駄《にだ》は、夜明けとともに高田庄《たかだのしょう》の代官の館《やかた》を出発したという。二日で、六波羅《ろくはら》に届けようというのだろう。警固の武士がおよそ百。半刻もせずに、丘のむこうから姿を現わすはずだ。

荷駄の列を襲う機会は、そうあるものではなかった。いつ、どこから荷駄の列が出るかはわからず、軍勢に護られて速やかに移動していく。佐用《さよう》郡を中心に宍粟《しそう》郡や赤穂《あこう》郡に散らばった一族の兵を集めるには、時がかかりすぎるのだ。赤松《あかまつ》村の円心の館には、二十名ほどの郎党しかいない。

播磨《はりま》でも、荘園を荒らす悪党の横行は見られたが、六波羅探題《たんだい》の直轄領だけあって、鎮圧もきびしかった。ちょっと人が集まると、すぐに軍勢が現われる。隙《すき》を衝《つ》いて襲い、速やかに散るしか方法がないのだ。

高田庄から荷駄の列が出ることは、二日前に知った。この三年ほど、西播磨一帯に円心は人を配置していた。それぞれの庄の代官の動きを知るためというより、むしろ自分と同類の悪党の実態を摑《つか》みたかったのである。播磨でなにかが起きるとすれば、悪党が重要な役割を担うはずだ、という思いがあった。

荘園を荒らし、代官に抵抗する悪党が増えたのはここ十年ほどのことだが、それ以前にもいなかったわけではない。文永《ぶんえい》・弘安《こうあん》の役《えき》と、二度の蒙古《もうこ》襲来のあと、関東に足場を置いていた鎌倉の幕府の締めつけが、西国《さいごく》にも及んでくるようになった。それに反発するように、悪党が現われはじめたのである。円心の父もまた、悪党だった。

「お館、そろそろ現われますぞ」

光義が小声で言った。

百五十の兵が、どれほどの力を持っているのか、円心にはわからない。六十ほどは円心自身の兵だが、残りの九十は、たまたま佐用郡の中にいた溢者《あぶれもの》を、五人、十人と語らって同心《どうしん》させたのである。急遽《きゅうきょ》、兵を集めるには、そうするしかなかった。武器もまちまちで、騎馬は円心のほか四騎だけだ。ただ自分の配下全員には、弓を持たせていた。

物見から注進が入った。丘のむこうまで、荷駄の列は進んできている。この時季、年貢を運ぶ荷駄の列がいるわけはなかった。水銀と布だろう、と円心は見当をつけている。高田庄近くで水銀が出ていることは、配置した者から知らされていた。朱の原料となる水銀は、銭《ぜに》になった。

「見えた」

光義が低く言った。円心は兵に命じ、弓に矢をつがえさせた。

「景満《かげみつ》、溢者たちは、儂《わし》が合図をするまで、決して出すではないぞ。合図をしたら、総攻めだ。声のかぎり叫んで、斬りかかれ」

上月《こうづき》景満は、戦《いくさ》の時の円心の片腕と言ってよかった。十五年も前から一緒にいるので、性格も知り尽している。中山光義も、景満に劣らぬほど剛胆《ごうたん》だが、二十歳《はたち》とまだ若かった。だから、光義はいつもそばに置いている。

荷駄の先頭に、八十ほどの兵がいた。騎乗は少なく、五騎まで円心は数えた。

「用意」

円心は低く声をかけた。兵たちが弓を引きしぼる。放て。言うのと同時に、風が起きた。敵の隊列の動きが止まった。さらに射続ける。騎乗の武士は二人だけになった。徒《かち》も次々に倒れていく。二十五、六人倒したと見たところで、円心は景満に右手で合図を送った。喊声《かんせい》があがった。弓を射ていた兵も、太刀《たち》を抜き放って突っこんでいく。

隊列の後方から二十名ほどが駈けつけてきたが、それもすぐに押し返した。

円心は、新手《あらて》を警戒していた。荷駄の列のずっと後方に兵を置いておくというのは、このところしばしばあった。だから物見を慎重にやったが、それらしい兵がいるという報告はなかった。

後続の新手は現われなかったが、敵は半数近く倒れ押しまくられても、まだ崩れていなかった。関東の兵かもしれない。この一年ほどの間に、荘園の護りに関東の兵が配されることが多くなっていた。関東の兵は、こういう平原でのぶつかり合いには強い。

「馬だ、光義」

そばにいるのは光義ひとりだけで、すでに二頭の馬を曳いてきていた。その一頭に跳び乗ると、円心は敵の中に駈けこんでいった。

ひとり、強い武者がいる。そのひとりのために、押しきれていないと円心には見えた。馬上から斬りつけた太刀を、武者は正面から受けた。円心は、そのまま武者に組みついた。一度下になり、それから上になった時、円心は武者の首を摑んでいた。馬に跳び乗り、武者の首を頭上で大きく振り回すと、小さく固まった敵の中に投げこんだ。

それで敵は崩れ、敗走をはじめた。

「荷駄を集めろ、景満。溢者たちには、約束した銭を払ってやれ。散らせるのだ」

溢者がまとまった人数でいると、円心にとっても危険だった。銭さえ払ってやれば、自然に散る。もともと、頭目などいないに等しい。

荷駄は、思った通り水銀だった。赤松村へ運びこみはしない。山の中に隠しておき、目立たないように少しずつ売っていくのだ。水銀なら、摂津尼崎《せっつあまがさき》でいくらでも捌《さば》けるだろう。三年前、尼崎に拠点を作っておいたのは、間違いではなかった。

「光義、あの溢者は館へ連れてこい」

ひとりを指して、円心は言った。その男だけは、斬り合いの中でも落ち着いていたし、景満が銭を配りはじめても、大して欲しそうな様子も見せていない。溢者らしくないところが、円心にはひっかかっていた。

赤松村までの二里ほどの道を、円心はひとりで駈けた。

戦をしたという気は、どこにもない。朝駈けのようなものだ。その途中で、野伏《のぶせ》りの真似をしたということだろう。いつまでこんなことをしていればいいのか、とふと思う。やりたいことは別にあるが、それがなんであるのか、はっきりとかたちとして見えてくることはない。

館に戻ると、直垂《ひたたれ》に替え、朝餉《あさげ》の膳《ぜん》にむかった。出家はしたが、法衣をまとうことはなく、女も三人館に置いている。出家をしたのは、一族を実力でまとめあげた九年前だった。これから新しいことがはじめられる、という思いが円心をそうさせたのだ。

円心は、一族の嫡流《ちゃくりゅう》ではなかった。というより、一族などはなく、それぞれの家がそれぞれのやり方で、代官に阿《おもね》ったり逆らったりしていたのだ。悪党と言っても、十人、十五人の家の子だけで穀物倉を襲ったりしていたのだった。当然ながら代官の弾圧には抗し難く、家同士の争いもしばしば起きた。少なくとも一族がひとつになれば、という思いが円心を駆り立てた。

いま一族は赤松党としてひとつになり、播磨西部に散っている総勢を集めると、五百近くになる。溢者や野伏りに手出しをさせることはなくなったし、庄の代官も一目《いちもく》置かざるを得なくなっているが、それでも六波羅探題の力には抗すべくもなかった。

「お館、あの者を連れて参りましたが」

朝餉を終え、太刀の手入れをしている時、光義が現われた。円心は太刀を鞘に収め、縁《えん》に出た。男が、膝《ひざ》をついた恰好で円心を見あげている。

「名は訊くまい」

縁に胡座《あぐら》をかいて、円心は言った。

「なにゆえ、溢者に混じっていた」

六波羅探題の手の者が、溢者に混じって動静を探りにくることを円心は警戒していたが、いまだ見つけ出したことはない。六波羅にとっては、円心など取るに足りない存在で、その名さえ誰も知らないのかもしれなかった。

「赤松円心殿でございますな？」

まだ若い。二十四、五というところだろう。眼に不敵な光があった。円心は、あっさりと頷《うなず》いた。頷いたことの意味を、若者は理解しなかったようだ。

「それがしは、日野俊基《ひのとしもと》の手の者でございます。溢者に混じって、諸国の情勢を見て回っております」

日野俊基といえば、四年前の正中《しょうちゅう》の変で捕えられた公家《くげ》である。討幕の密議に加わったとされていたが、放免されたという噂もあった。

「伊賀黒田庄《いがくろだのしょう》の悪党が、畿内《きない》で活発に動いているのを御存じでありましょうか。播磨福《ふく》泊《どまり》の悪党が兵庫《ひょうご》に乱入したのは？」

福泊の悪党が兵庫に乱入したのは、十日ほど前のことだ。尼崎から、知らせが入っていた。播磨でも、海際の悪党はよく動く。海で生業《なりわい》を立てている者が多く、領地を持っていないからである。六波羅の軍勢に攻められたら、海に逃げればいい。

「畿内、西国のみならず、陸奥《むつ》でも悪党が蜂起して、幕府の軍勢と闘っております」

それも知っていた。九年前、円心が一族を束ねたころと較べると、明らかに幕府による政事は乱れている。なにかが起きそうな気配は、播磨にも漂っているのだ。それでも、幕府は強力だった。朝廷による倒幕の動きも、脆《もろ》いものにすぎない。それが脆いものではなくなる日が、いつか来るのか。

「儂は、赤松村に小さな領地を持つ、田舎武士にすぎぬ。そういう儂に、なにを伝えたいというのだ？」

「確かに、赤松村には小さな館しかありません。館の護りも、固い造りではない。それでも、一族を束ねておられよう。一族を合わせれば、四、五百の勢力にはなるはず。城を構え、六波羅の代官どもと対峙《たいじ》しても、おかしくはない方と見ております」

「一族の長老である、というにすぎぬ」

「今朝も、代官の軍勢と戦をされた」

「時には、悪党でもある。しかし、佐用庄の代官に納める年貢を滞《とどこお》らせたりはしておらぬ。あくまで、時には悪党ということだ。今朝は、たまたま溢者が多く集まっていた。それに便乗しただけなのだ」

「五、六十の、自分の軍勢を中核に置いておられた。あの軍勢は統制もとれ、戦にも馴れておりました。その気になれば、騎馬隊もお出しになれる。佐用郡の大将たる力はお持ちです。その力を、帝《みかど》に捧げようとは思われませぬか？」

かすかに、円心は笑みを洩らした。自分以外の者のために、闘おうとは思わない。それがたとえ帝であったとしてもだ。だから、悪党なのである。

「言うべき相手を、間違えたな」

「それがしが、西播磨に入ってひと月。歩き回り、調べに調べて、最大の力をお持ちなのが赤松円心殿と見きわめました。慎重にその力を隠しておられますが。山中に、武器や馬を蓄えておられましょう。いずれ、それも捜し出しますぞ」

若者は、喋《しゃべ》りすぎている。それに気づいたのか、ちょっと唇を嚙んでうつむいた。

「帰るがよい。赤松円心は、赤松村の田舎武士。赤松村で生を受け、赤松村で朽《く》ち果てる。それだけの男よ」

「日野俊基にお会いいただけませんか？」

「無駄なことを」

「赤松殿は、いまの世をどう考えておられる。幕府だけが肥えふとり、民は困窮をきわめている。朝廷すらもないがしろにされている、いまの世でよろしいと思われるか？」

「田舎武士には、関係ないことだ」

円心は、腰をあげて言った。若者に対する関心は、すでに失《う》せていた。光義に、軽く合図を送る。殺せ、という合図だ。はじめから決めていたことだった。光義が頷く。

「待たれよ、赤松殿」

「青いな、まだ」

それだけ言い、円心は若者に背をむけた。

居室に戻ると、三郎が板敷に端座して待っていた、今年で十六歳になる。

「父上、あのお人をなぜ殺されます？」

「聞いていたのか？」

「聞えました」

「余計なことを探った。これからも探るであろう。それは避けたい」

「朝廷のもとで闘え、と言っておりましたぞ」

「だから、なおさらだ。断っても、諦めずに何度も現われるであろう。そのうち、六波羅にも知られ、倒幕に与《くみ》する悪党と決めつけられるかもしれぬ。日野俊基の手の者ならば、なおさらだ。殺しておいた方がよい」

「父上は、いまの世がよいと思われているのですか？」

「それとこれとは、別のことだ」

「どこが別なのです？」

三郎も、やはり青かった。ただその青さは、父親にむけられた分だけ、さっきの若者より好ましかった。

「われらは、六波羅探題の横暴に耐えて、何代もこの地で生き続けてきた」

「それは、三郎にもわかっております」

「まだ、機は来ておらぬ。なんの機だか、おまえにもわかるな。機が来るまで、われらは耐えねばならぬ。儂の代に機が来なければ、おまえたちの代まで待たねばなるまい」

「しかし、諸国の悪党はそれぞれに力を蓄え、すでに闘いをはじめているというではありませんか」

「われらの敵は、守護や守護代ではない。ここは播磨だ」

「六波羅探題の直轄領なるがゆえに、他国より締めつけが強いことはわかります。耐えろといわれる意味も。しかし、やがては味方になる人を、殺す必要があるのですか?」

「いまは、味方ではない。むしろわれらに害をなす、と考えた方がよいのだ。よいか、三郎。朝廷はまだ、兵も挙げておらぬ。謀議《ぼうぎ》をこらしているだけよ。その謀議に引きこまれることに、どれほどの意味がある。いままで培《つちか》ってきたものを、一度に失ってしまうだけではないか」

「怕《こわ》いのですか、父上は?」

「いま、なんと言った?」

「父上が、怕がっておられるのではないかと」

「むこうから誘いをかけてくる。こちらが乗らなくても、日野俊基に同心していると見られかねぬ。それを狙って、日野俊基はわれらに近づくのかもしれぬのだ。われらは六波羅に追いつめられ、いやでも日野俊基につかねばならなくなる。倒幕の捨て石よ。日野俊基はいま、その捨て石を捜している、と儂は見た」

「しかし」

「もうよい。それよりも三郎、おまえはこの父が怕がっていると申したな」

三郎の顔色が変った。言ってはならぬことを言った、とようやく気づいたようだ。

「六波羅は、怕いぞ。怕がらなければ馬鹿だ。怕い時は、怕いと自分に言い聞かせて、それからどうするか、儂はきめるようにしている」

「口が過ぎました」

「遅い」

三郎に眼をくれたまま、円心は口もとに笑みを浮かべた。

「新浜に泊《とまり》を築くために、役夫《えきふ》を出さねばならぬ。おまえは、その中に入れ。幸い、顔は知られておらぬ。しばらく、泥にまみれてくるとよい」

「三郎に、役夫を率いて行けと言われますか？」

「誰が率いて行けと言った。率いられて行くのだ。ひとりの役夫としてな。家というものがなんなのか、そこで考えてみるがよい」

「役夫として」

「楽ではないぞ。死ぬこともある。それも戦場の死ではなく、鞭打たれて牛馬のごとく死んでいくのだ」

「死ななければよいのですね」

三郎の眼に、反抗心の火が燃えあがるのを、円心は笑いながら見ていた。新浜への役夫の徴発は、三度目になる。ふた月ほどで戻ってこれるが、いまはまだ海の水が冷たいだろう。三郎には、いい機会だった。

門前が騒々しくなった。景満が戻ってきたようだ。円心は腰をあげた。六十名の兵はきのう集めたが、弓の訓練としか言っていなかった。特別の事態が起きたのだとは、一応説明しなければならない。二人か三人は死んでいるし、十人は手負っているだろう。

2

尼崎の館は、商人の家にしか見えなかった。

嫡男の範資《のりすけ》を、もう三年ここに詰めさせている。奪ったものの商いも、実際にここでやっているのだ。ただ、倉の中身のほとんどを占めているのは、武器だった。かえって見つかりにくいことは、三年のあいだ何事もなかったことが証明している。

「さて、館を囲んでいる者どものことだが」

範資とむかい合うと、円心はすぐに言った。館に入り際に、見張りらしい男たちを五、六人すでに見ていたのである。

「父上にわざわざ来ていただくほどのことはなく、兵を百ほど送ってくだされればよかったのですが。なにしろ、今度の荷は値が張ります。大事に扱った方が、と思って、一応お知らせだけしたのです」

「百の兵では、目立ちすぎよう」

それもあったが、荷の一部を寄越せば、都であろうがどこであろうが無事に送り届けてやる、という言い方がひっかかったのである。拒絶すると、さりげなく館を囲んだ。

一見気弱なやり方に見えるが、かすかな不気味ささえ円心は感じた。どこへも訴えて出ることができぬ荷であることを、見抜いているように思える。見抜いた上で、じわりと吐き出させようとしているのか。

「人数は？」

「知らせで申しあげました通り、百名に見えることもあれば、時には三百名と思えることもあり、二十名にすぎなかったこともあります。一度に、それがし自身で見た人数は、七十名ほどでございました。溢者の姿をしているかと思えば、僧兵であったり、武士であったり、田楽舞《でんがくまい》の一座であったり」

「もう、囲まれて四日になるのではないか？」

「それでも、見定められません。往来する者のすべてが、仲間に見えてきたりして、まことに摑みにくい者どもなのです」

範資には、多少事を大きく見るところがある。その方が、赤松村から離れた尼崎を任せるのにはよかった。怯懦《きょうだ》で、事を大きく見るわけではない。次男の貞範《さだのり》なら、とうにぶつかっていただろう。

「儂が館に入ったのは、当然知っている。それを、どう考えたかだ」

円心は、十五名ほどの供を連れて入っていた。範資のもとには、二十四、五名というところだ。足軽まで入れて、せいぜい四十だった。

「荷の一部で、護送を引き受けよう、と言ったというなら、街道はよく知っているのだろう。尼崎についてもな」

「ぶつかり合うというのは、得策ではありませんか？」

「三年かかって、ようやくここも役立つようになってきた。六波羅に眼をつけられたくはないな」

「囲んでいる者どもは、この館をなんだと思っているのでしょうか。どうにも、それが摑めません」

「なんなのか、むこうも考えているのかもしれん。とにかく、新手が入ったとは思っただろう。こちらの出方を、うかがおうとするであろうな」

「まだ、睨《にら》み合いですか。百の軍勢があれば、突破できると考えたのですが」

「どういう力を持っているのか、読めぬ。むこうも、そうであろう。このままでは、探り合いが続くだけだ」

今夜、なにかやるということを、範資は鋭敏に感じとったようだ。表情に、かすかな緊張が見えた。

敵の数は七十、と円心は見ていた。それが、範資が一度に見た最大の数だからだ。その七十を使って、眼くらましをやっている。武士のやり方ではなかった。

「範資、荷は牛車だな？」

「はい、二台用意しております」

「駄馬を六頭、相手に知れぬように用意できぬか？」

「難しいかもしれません。父上が言われた通り、相手が何者とも知れませんので。しかし三頭の駄馬は、館におります」

「それから、艀《はしけ》だ。二艘あればいいであろう。三頭の駄馬で、なんとかやってみよう」

もともと、牛車三台分、駄馬にすれば八、九頭分の荷だった。三頭の駄馬でも、怪しまれることはあるまい。海まで運ぶだけだから、ここからは眼と鼻の先である。三頭にいくらか多い荷を載せ、二往復すればいい勘定になる。

「三十を連れて、夜半に出発せよ、範資。十は先駈け、二十は牛車を護る。襲われたとしても、激しく抗《あらが》って手負いを出すな」

「わかっております」

囮《おとり》の荷を、範資は運ぶことになる。そのあたりの頭の回りは早く、それが商いのうまさにも繋がっているのだろう。

範資が腰をあげ、囮の荷を造る指図をはじめた。

夜半まで、円心は館の客殿で休んでいた。その間、従者に二つばかりの用事を言いつけただけである。しばらく、うとうととしたようだ。

「出発いたします、父上」

範資の声で眼を開いた。円心は頷き、腰をあげた。

牛車と駄馬の方向は、まったく逆になる。牛車を、先に出した。

「さて、行くか」

円心の供は、わずかに十名である。三頭の駄馬に二人ずつが付き、四人は先頭を歩いた。

海まで、わずかなものだった。用意されていた艀に荷を積み、館に駈け戻り、駄馬に新しい荷を載せて、再度海にむかった。

「船とは、考えたものだな」

闇の中から、いきなり人の姿が出てきた。艀は、そこに見えている。

「囮に主力を付けて、その間に荷駄を運んでしまう。何者なのだ、おまえたちは」

声の主は、円心から数歩のところで立ち止まった。背後に、十数名いる。相手も、やはり主力は主力を追ったというところか。

「おまえたちこそ、何者だ？」

頭目の男は、まだ若かった。背後の十数名の配置に、隙はない。

「俺たちは、この街道の主さ」

「街道に、主などというものがあるのか？」

「あるね。でなけりゃ、物は動かなくなる。幕府の武士どもにゃ、それがわかってないみたいだが。兵の数さえ多けりゃ強い、と思ってるのが武士だからな」

「おまえは、武士ではないのか？」

頭目の男の身なりは武士で、侍烏帽子《えぼし》に太刀も佩《は》いていた。

「武士のつもりだが、肩で風を切って歩いている六波羅の武士とは違う」

「おまえらこそ、悪党ではないのか」

悪党同士でぶつかってしまったようだ、と円心は思った。街道を仕切っている悪党というところだろう。武士でも、こういうことをすれば悪党である。

「勝負はあったな」

「諦めがいいな。策を破られたら、諦めるのが利巧というもんだ」

若い頭目の眼には、害意はなく、強い好奇の光があるだけだった。

「儂の勝ちのようだ」

「なにを言ってる。荷さえ貰えば、命までとは言わん」

次の瞬間、男は自分を取り巻いている気配に気づいたようだ。太刀の柄《つか》に手をやり、じっと円心を見つめてくる。中山光義が率いる二十名ほどが、ゆっくりと輪を縮めてきた。

「やるのか。こちらは三十だぞ」

「こうなれば、仕方があるまい」

「死人が出る。そうしたくないので、館を囲んでいたのではないのか?」

しばらく、睨み合っていた。腕は立ちそうだが、どこか抜けたところがあった。こちらの気配を読もうとしていない。放っておけば、いきなり斬りかかってくるだろう。

「いま勝負がついたわけではない。はじめからおまえは負けていたのだ」

円心は、駄馬に載せた荷をひとつ足もとに落とした。包みの中は、薪である。男は、口を開けてそれを見降ろした。

「水銀ではなかったのか」

呟《つぶや》くような声だった。水銀は、無人の館の倉の中だった。

「これでも、おまえはまだ儂とやり合うつもりか？」

男の手が、太刀の柄から離れた。

「俺の首だけでいいだろう。ほかのやつらは助けてくれ」

「虫が良いのう」

「駄目か。ならば斬り死にするまでよ」

「誰も、殺すとは言っておらん。この街道で荷駄を運ぶのを、おまえたちは護ってくれようと言ったのではないか。それを、そのまま実行してくれればよい。ただし、分け前はやれぬ」

「野伏り盗賊の類いと一緒にするな。野伏りから、水銀を奪い取ってやろうとしただけよ」

「荷駄を護ってもらえるかな？」

「断る」

死ぬことを、それほど怕《こわ》がってはいなかった。ただ、誇りに似たものを捨てきれないでいるだけだ。二、三歩、円心は男に近づいた。男は退《さ》がりはしなかった。

「おまえを、館へ連れていく。ちょっとばかり話がしたいのでな。ほかの者は帰してやろう。大人しく館に来て話をしてくれれば、それだけでよい」

男は、しばらく思案していた。

「付いて行こう。ただし、話をする気はない。それと、俺の眼の前で、ほかの者を放してくれ。それが条件だ」

「負けたくせに、いろいろと条件を付けるのう。いいだろう。光義、放してやれ」

光義が、ほかの者が逃げる道を作ったが、誰ひとり動こうとしなかった。

「行け。おまえらに死なれたのでは、兄者《あにじゃ》に合わせる顔がない。とにかく、俺が負けたのだ。朝まで、兄者にはなにも言うな。朝になれば、俺の生き死にもはっきりするだろう」

ひとり、二人と、囲みの中から出て行った。最後まで残ったひとりに、男は厳しい言葉を投げつけた。

「行こうか」

円心は男に言った。全員が去るのを見届けてから、ようやく男は歩きはじめた。

「名は？」

館に戻ると、円心は言った。

「楠木正季《くすのきまさすえ》という」

「荷駄が水銀であることを、どうやって知ったのだ？」

楠木正季は答えようとしなかった。

「それになぜ、はじめから力攻めをしてこなかった？」

楠木正季は、縁の下の地面に座りこんで、じっと円心を見つめているだけだ。名以外に、答える気はないらしい。

範資が戻ってきた。相手は五十名ほどで、かなり引き回したが、荷駄が囮だと気づくと、速やかに姿を消したという。男は、範資の報告を聞いていた。範資は、円心の荷駄もまた囮であったことを知らない。

「この者は？」

「さあな。いずれどこぞの悪党だろうとは思うが」

「斬るのですか？」

「ならば、すでに斬っておる。範資、楠木正季という名に心当たりはないか？」

「楠木、でございますか。楠木正成《まさしげ》という名は耳にしたことがありますが」

「兄者がどうのと言っておった。正成というのは、この者の兄ではないかな」

「河内《かわち》、和泉《いずみ》、摂津の街道で力を持っているようです。それがしが耳にしたのは、悪い噂ではありませんでしたが」

「悪党か、正成という男？」

「のようですが、六波羅では取るに足りぬ男と見ているようです。格別、探索《たんさく》の手ものびておりませんし。黒田庄の悪党ほどのことも、ございますまい」

「兄者が、黒田の悪党ほどのこともないだと。黒田の者どもは、力ずくで年貢米を奪ったりしているだけだ。兄者は、世のためになる悪党だぞ」

縁で交わしている言葉は、すべて楠木正季には聞えているはずだ。篝火《かがりび》に照らされた正季の顔が、本気で怒っている。

「世のためとは、笑止な」

「河内、和泉の街道が、何事もなく通れるのは、誰のおかげだと思っている。播磨から摂津に入ってきた者は、みな一様に安心する。なぜだと思うのだ。兄者が、人の往来こそが、民が豊かになる道だと、街道を護っているからであろう」

「そんなことは、幕府の仕事だ」

笑いながら円心は言い、縁から腰をあげた。

「国を治めるために、幕府はある」

「北条《ほうじょう》の馬鹿どもが、国を治めているだと」

「おまえ、名以外はなにも語らぬ、と決めていたのではないのか？」

「切腹させろ」

「おまえは、飢えて死ね。死ぬ時まで、この館に置いてやろう」

「切腹が駄目ならば、この首を刎《は》ねよ」

「それほど値打のある首か、おまえの首が」

円心は、範資と光義を伴って客殿に入った。円心が運んでいた荷駄も囮だったと知って、範資は呆《あき》れていた。相手を策に嵌《は》めようとするなら、味方でさえ呆れるほどのものでなければならない、ということが範資にはわからない。学問とは、そういうものかもしれなかった。ほんとうに戦で必要なものは、なにも教えない。

「楠木正季をどういたしましょう？」

「倉に放りこんでおくだけでよい。逃げれば逃げたで構うまい」

「しかし、荷を運ぶ邪魔をしかねません」

「あの男ひとりが逃げれば荷を運べぬのか、範資？」

「方法を、考えてみます」

街道に力を持った悪党。播磨ではあまり考えたことはないが、京に近い摂津の街道ともなれば、銭を生むのかもしれない。

銭がすべて、と思っているわけではなかった。しかし銭は、持っている力を二倍にも三倍にもすることができる。武器を集めることができるし、溢者を雇うこともできる。代官が六波羅に余計な報告をしないように、口を封じるのも銭の力だ。

「お館も範資様も、お休みください。楠木正季なる者は、それがしが見張ります」

光義が言ったのを機に、範資は腰をあげた。夜、酒を飲む習慣を、範資は持っていなかった。三十になったいまでも、学問に精を出すような男だ。

二人が出ていくと、円心は客殿の茵《しとね》に身を横たえた。すぐに眠ったようだった。

3

その男が現われたのは、円心が朝餉を終えた時だった。まるで円心の様子を見ていたような現われ方で、苦笑しながら円心は縁の方へ回った。

粗末な直垂に太刀を佩《は》き、顔半分が髭《ひげ》だった。やや小柄だが、小さいという感じはあまりしなかった。

「弟が御厄介をおかけいたしまして」

円心にむかって一礼すると、男はそう言った。声は低く、かすかに憂鬱そうな響きが入り混じっている。

「楠木正成と申します」

不思議な男だった。背後に人数を配置しているという感じもなく、ほんとうにひとりだけでやってきたようだ。ひとりだという気負いも、まったく見えない。悪戯《わるさ》をした弟を、貰い受けに来た、年齢の離れた兄という感じだ。

ただ、眼の奥にある光に、ただならぬものがあった。

「すでに首を刎ねたと申したら？」

「ならば、首だけでも頂戴して参ります」

「まだ、首を刎ねてはおらぬが、これからいろいろと訊いて、刎ねるつもりであった」

楠木正成の眼に、動揺はまるでなかった。円心は、わずかだが気圧《けお》されるような気分になった。こういう気分は、久しいものである。

「弟が盗賊であれば、兄も同じ罪に問われるのではないかな、楠木正成殿」

「われらは、街道で生業を立てております。荷駄を護ったり、街道沿いに立つ市《いち》を仕切ったり、溢者《ろうぜき》が狼藉を働くのを押さえたりしております。弟の配下の者に事情を訊いて参りましたが、今度のことは悪党のやることではなかったと思っております」

「こちらは、盗賊に対する恐怖を感じた」

「感じただけで、首を刎ねられますか？」
三十四、五だろう、と円心は見当をつけた。
「播磨赤松村の、赤松円心と申す」

「ようやく、名乗る気になられましたか」

「無礼をいたした」

争いたくはない、という気持が大きくなってきていた。楠木正成に対して、親しみを感じたのでもなければ、怖《おそ》れを感じたのでもない。ただ争いたくなかった。

「正季殿は、お帰しいたそう。ただ」

「水銀をお持ちであることを、どこで聞きつけたか、お知りになりたいのでございますな」

「ほう、水銀をわれらが持っておると」

「いやいや、誰も水銀など持っておりません。ただ、播磨高田庄に集められた水銀が、移送をはじめたところで、何者かに奪われたと。これは、荷駄を扱う者たちの噂でござる。荷駄は、遠くは九州からも運ばれることがあり、その荷駄に乗って噂も一緒に参ります」

「なるほど」

この男は、もしかすると西国一帯でなにが起きているのか、つぶさに知っているのかもしれない。たかが西播磨の狭い地域に人を配置している自分などとは、較べものにならないことをやっているのではないのか。いそうもない男がいるものだ、という感慨に円心はとらわれた。

「正季殿はお帰しいたすが、なにもせずというわけには参りませんな」

「仕方ありますまい。弟は、おのが未熟さの代価は払わねばなりません」

「まだお若いのに、ものわかりのよい御仁《ごじん》じゃ。光義、正季殿をこれへ」

尼崎の館は、中庭が広くとってある。いざとなれば砦《とりで》のようにして、二、三日は闘える造りなのだ。それも楠木正成はすぐに見てとったようだ。

「倉を、中庭に造っておられますな」

「溢者が多く、こちらも護りのかたちは整えておかなければなりません」

「播磨に、このような方がおられることを、はじめて知りました。播磨は六波羅の直轄領ゆえに、まとまりもなく悪党が出没しているだけだ、と思っておりました」

「確かに、播磨の悪党は、まとまればすぐに潰されますな」

「そこで潰されずにまとまっていようと思ったら、いろいろ考えなければならないというわけですか」

尼崎に拠点を置く理由を、楠木正成は正確に見抜いたようだった。和泉、河内、摂津の街道を仕切っている、と正季が言ったことは、あながち誇張ではないのかもしれない。

円心は、庭に降り立った。楠木正成の背丈は、長身の円心の口のあたりまでしかない。

「なぜ、ひとりで来られた、楠木殿。館を人数が囲んでいる気配もない」

「弟をどうやって捕えられたか、居合わせた者から詳しく訊き出しました。血を流すことを望んではおられぬ。そう思いました。ひとりならば、命を投げ出す気になれば、逆にもっとも安全と思いましてね。昨夜の様子では、本気になればかなりの死人が出ましょうし」

正季が引き立てられてきた。後手《うしろで》に縄を打ってある。それを光義が解いた。

正季は、正成のそばまで歩いてくると、地に両手をついて平伏した。その姿勢のまま、じっと動かない。

固着した時が、しばらくあった。正季を見つめる正成の眼に、殺気にも似た激しいものがあり、円心はおもわず太刀の柄に手をかけそうになった。

「面目ない、兄者。儂ひとりで充分だと思い、下知《げじ》も仰ぎませんでした。倍する人数を持ちながら、赤子《あかご》の手をひねるごとく、負けてしまいました」

「おまえが思ってもみない御仁が、世の中にはいる。それがよくわかったであろう。儂が摂津にむかっている時でよかった。でなければ、もう一日来るのが遅れた」

「腹を切ります」

正成の眼の厳しさが、ふっとやさしいものに変った。

「困ったものだのう、おまえは。腹を切って済むのは、もっと身分の高い武士のことだ。われらの命などで、何が購《あがな》えるというのだ。われらにとっては、間違いをするということは、死んでも済まぬということだぞ」

「しかし、このままでは」

「死ぬことは、本人にとっては重大事だ。兄の儂にとっても、弟が死ぬということは重大事だ。しかし赤松殿にとって、おまえの命がどれほどの価値がある」

死をもって購うということを、円心も認めていなかった。切腹は犬死にに近い。切腹するぐらいなら、戦場で敵のひとりでも二人でも倒して死ぬ方が、ずっと価値がある。しかし思っていても、息子たちや家人《けにん》に、それを言ったことはなかった。死を尊厳なものとして置いておきたい、という気持がどこかにある。それによって、心の持ちようは大きく変ってくることもあるに違いないからだ。

正季はまだ平伏したままで、正成はそれを見降ろし続けている。泣いているのか恐怖なのか、正季の肩がふるえていた。

「さて、赤松殿」

正成が、円心の方に眼をむけて言った。

「弟に、なにを払わせればよろしいでしょうな？」

「さよう、わが荷の一部でも払って貰いますか」

「荷の一部と申されると？」

「それで、荷駄の移送の安全を保障する、というのが正季殿の申し入れであった」

「ははあ、つまり弟は、荷駄の移送の警固をすればよいわけで？」

「丸く収まるだろうか、それで？」

「否やはありますまい、弟に」

正成が笑った。髭の中から覗《のぞ》いた白い歯が、猛々《たけだけ》しいものに見えた。この男は、髭のようなもので、確かに心の牙を隠している。円心は、同類に対する親しみと嫌悪を、同時に感じた。

「聞いたな、正季。赤松殿の荷駄のすべてを、お望みのところへ届けるのだ」

平伏したまま、正季は何度も首だけを動かした。

「これで、すべてはなかったことにして頂けないだろうか、楠木殿？」

「なかったことと申しますと？」

「正季殿がこの館を囲むこともなく、儂が来て正季殿を捕えることもなかった。すべては、荷駄が到着する前の、お互いに見知らぬ同士ということに」

「弟の命を救っていただいた。それだけでは申し訳ないような気もいたしますが」

「それが、儂の望みなのだが」

「わかりました」

「いずれ、どこかでお目にかかることもあろう」

楠木正成と近づいておきたい、という思いはあった。摂津、和泉、河内での荷の移送は、ずっと安全なものになるだろう。しかしそれをためらわせるなにか危険な匂いを、正成は持っていた。悪党として呑みこまれるとか、もっと大きなことをして、守護や六波羅の軍勢と対立することになるとかいうことではなかった。人の心に食いこんでくるようななにかを、この男は持っている。

近づいておきたいという思いを、円心は断ち切った。

「まこと、悪党らしく生きていれば、またどこかでお目にかかれましょう」

楠木正成は、一礼し、立ち去った。

平伏していた正季は、兄が立ち去るとようやく頭をあげた。

「よい兄上をお持ちだ、正季殿」

兄がそれほど怕いのか、という問いを呑みこんで、円心は言った。

「荷駄を護ってくれと言われましたな。どこまで運ばれるおつもりだ」

「京へ」

「あそこが、一番銭になるのでござるか」

兄がいる時とは、口調まで変っていた。

「中山光義に運ばせよう。正季殿は、いざという時にだけ、助けてくだされはよい」

「摂津の街道を行く間、いざということなどござるまい。山城《やましろ》へ入ってからも、それほど心配なされることはない」

正季が立ちあがり、倉の方へ歩いていった。光義をつけておけば、正季のやり方のほとんどは見てくるだろう。

円心は客殿に入り、範資とむき合った。

尼崎へ来た時は、必ず倉の中身について報告を受ける。武器と銭が半々ほどで、それは三年の間ふえ続けていた。武器は、すでに五百の兵に充分に行きわたるほどになっている。

範資の報告でいつも驚かされるのは、京から河内、和泉、摂津あたりでは、播磨よりさらに銭の力が強いということだった。物は勿論、兵まで銭で購えるのである。

円心は、年貢米を襲うことと、庄の代官の館を襲うことで、銭を得ていた。米や物を銭に替え、それで武器を買うのである。

それがこのあたりでは、銭でさらに別のものを買い、それを売ってより大きな銭を作る。それをくり返しながら、はじめの二倍、三倍の銭を作ることが、当たり前のように行われていた。

「なかなかのものだな、物が流れていく仕組みというものは」

「利にさとい者は、大きくなれます。土地だけにしがみついていようと思えば、小さくならなくて済みますが、よほど大きな戦でもないかぎり、持てる土地を拡げることもできません」

「赤松村を見ているだけでも、それはよくわかる」

「鎌倉の幕府も、物が流れることによって生まれる銭を、無視できなくなっております。特に得宗家《とくそうけ》が、その銭に眼をつけているようです」

「その得宗家に出てこられると、自分たちの取り分がなくなる。それで西国に悪党が増えたのかな？」

「悪党については、なんとも申しあげられません。荘園領主が横暴であることもありますし。いろいろな理由が重なり合って、悪党は増えたのだと思います」

楠木正成のような悪党は、少なくとも東国などでは出てこなかっただろう、と円心は思った。東国はいまも、土地を中心にしてすべてが動いていて、西国のように物が流れることはあまりない。

「それにしても、楠木という男、不思議な一族でございます」

「そう思うか、おまえも」

「黒田庄に蟠踞《ばんきょ》する悪党とは、まるで違うように思えます」

「悪党同士、意外なところで手を結んでいるかもしれぬぞ」

「われらは、手を結びませぬか？」

「楠木が、どれほどのものか、まだわからぬ。その人となりも、大きさも」

「いまは、人知れず力を蓄えるだけなのですね」

それが不満、という口調ではなかった。幼いころから学問を好んできたので、あまり突飛なことは考えられないが、理屈がわかれば無茶をやることもない。

「父上」

声をひそめるようにして、範資が言った。

「なにか起きると、父上も考えておられますな。いや、なにかなどという言い方はやめます。幕府を倒そうという戦が、いずれ近いうちに朝廷あたりから起きる。その時に備えて、武器を蓄えられているのですね」

「朝廷に、幕府を相手にして闘う力はない。しかし民が、幕府が倒れればいいと思っていることも確かであろう。武士の中にも、そう思う者が多いはずだ」

その武士が集結すれば、幕府の軍勢に対抗できるかもしれない。もっとも考えられるのは、そうやって起きる戦だが、思いもしないところから起きることもあるかもしれない。

いずれにせよ、武器と銭があれば、ある程度の力は持っていられる。力さえ持っていれば、ことという時に臆することはない。

自分の前に、なにが拡がっているのか、円心にはまだ見えていなかった。しかし、なにかが拡がっている。拡がった荒野を、どれほど思うさま駈けることができるか。円心は、五十を越えた。人生の終りにさしかかって、はじめて心を熱くするものに出会いそうな予感がある。

二十代のころは、代官に顎《あご》でこき使われる、赤松村の田舎武士だった。播磨佐用郡一帯の一族をまとめるのに、十年は必要だった。それから、ひそかに力を蓄えながら、さらに十年が流れているのだ。

「父上、倒幕の戦が起きた時、われらはそれに加担するのですね」

「古いものは倒れていく。それが人の世だ。倒れていくものにしがみついても、仕方があるまい。しかしな、範資。戦とは、騙《だま》し合いでもある。ここぞという時までこらえていなければ、捨て石にされるだけよ」

「わかりました。ここぞという時のために、さらに銭も武器も蓄えましょう。三年前、ここに館を造った時と較べると、なにもかもが大きくなりました。それがしが、頭で考えた以上です」

「機は、儂が見る。それが、一族の頂点に立った者のなすべきことだと考えている。まだ誰にも明かしていないことだ。他言もいたすな」

荷駄が出発するようだった。中庭で、楠木正季の大声が聞える。

「楠木とは、事を構えるな」

「わかっております」

「しかし、楠木の動静には注意していろ。楠木正成は、播磨に根を張るわれらとは違うようだ。西国一帯の動きも、あの男がもっとも早く摑むであろう」

光義が、出発するという報告に来た。

円心は、ただ頷き返しただけだった。

4

小寺頼季《こでらよりすえ》が、播磨宍粟郡の船越山に着いたのは、叡山《えいざん》を出て四日目だった。京を歩き回り、道々の民の様子を見、かなりの回り道をしてきたのである。

船越山は佐用郡との境界をなしていて、赤松貞範《さだのり》が城を構えている。

城門を潜ろうとして、まだ幼く見える兵二人に止められた。頼季の顔など、知りはしないのだろう。

「次郎に、小寺頼季が叡山より戻った、と伝えろ」

小寺は赤松一族である。それでも兵は、頑《かたくな》に山伏姿の頼季を通そうとしなかった。

「次郎だ、わからぬのか」

大声を出すと、年輩の郎党が飛び出してきて兵を制した。

「次郎殿も、気持が苛立《いらだ》っているようだな」

京からの道、どこでも武士は戦乱の予感に包みこまれたように、苛立っていた。今度起きるとすれば、大きな戦乱だとみんな思っている。新しい領地を獲得するまたとない機会でもあれば、死ぬ時かもしれない。

「殿は千草庄の代官に呼ばれておいでですが、ほどなく戻られましょう」

「叡山からだ。休ませて貰うぞ」

「それはもう。客殿に湯の用意をいたさせます」

「酒がいい。いや、酒は次郎殿が戻ってからにするか」

赤松貞範を、頼季は幼名で呼んでいた。元服の儀の時も、頼季は叡山にいたのだ。本位《ほんいの》庄《しょう》の代官の家人を打ち殺したのは、十二年前、十六歳の時だった。仲間を語らい、本位田村の穀物倉に押し入ったのである。ぶつかり合いになり、追われた。追ってくる者の中に、四人の武士も混じっていた。頼季のほか二人が十六歳で年長だったが、仲間を逃がすために踏み止まったのは、頼季と次郎だけだった。頼季が二人打ち倒し、まだ十四だった次郎がひとりに傷を負わせた。

それで、赤松村まで逃げおおせたのだ。

あのころ則村《のりむら》といった円心に、ひどく叱られた。次郎を仲間に引きこんだことではなく、物見も出さずに倉を襲った短慮を叱られたのだ。小寺と赤松は、大人同士の仲はよくなかった。赤松村に逃げざるを得なかったとはいえ、則村にどれほどの目に遭《あ》わされるのか、内心は恐れていたのである。

穀物倉を襲う時は、まず物見を出して武士の数を見きわめ、それから倉から離れた場所で騒ぎを起こし、手薄になったところを襲うのだ、と教えてくれた。

その年、本位田村の年貢の徴発は執拗をきわめた。村人が飢えて死ぬしかない、という状態で、則村もそのことをよく知っていた。代官の探索も厳しく、それは頭目であった頼季にすべてむいてきたのだった。

則村は、最後まで頼季を庇《かば》ってくれた。そして、探索の手が緩んだ時、上月景満を途中まで付けて、叡山に逃がしてくれたのである。

あの時から、頼季は則村を好きになった。返しきれない恩義も感じていた。やがて則村が一族のすべてを束ねることになった時、当然の成行きだと頼季は思った。いまは、叡山にいながら、赤松家の家の子のひとりである。

貞範が戻ってきたのは、夕刻だった。

すぐに、酒になった。貞範は以前ほど豪放ではなく、どこか内に籠《こも》って、眼の色が暗かった。千草庄の代官に呼ばれたというなら、やはりいやな話だったのだろう。代官に対した時は、あくまでも辞《じ》を低くし、無理難題でも平伏して受け、あまつさえ多少の賂《まいない》まで差し出す。それが、一族を統一してからの円心のやり方だった。その代りに、溢者や野伏りに混じって、誰だかわからないように穀物倉や館を襲い、差し出したものを取り戻すのである。ただ、赤松庄、佐用庄、千草庄の代官の館は、襲っていない。その三つが赤松一族の本拠と言ってよく、そこで代官と対立したくないというのが、円心の考えだった。

以前から、貞範はそれが不満なのである。代官と対立することは、六波羅探題と対立することだと、いまの頼季にはわかる。それも叡山にいて、諸国の情勢を耳にしてわかることだった。

「もうすぐ、天地が覆《くつがえ》るような騒ぎが起きる。その時に備えて、満を持していようというのが、お館の考えではないか、次郎」

「わかっているから、儂も耐えている。おまけに、佐用庄の光範《みつのり》の世話まで、儂はやっているのだぞ」

「光範とは、尼崎の範資殿の嫡男だな。いつ元服したのだ？」

「去年の終りだ。元服しても、使いものにはならん。まだ八歳だからな」

「早い元服ではないか」

「兄上が、いつ尼崎から戻れるかわからんのでな。後見人が儂よ。儂のところは、百五十も兵がいる。光範のところは二百を超える。館に二十人しか郎党を置かぬ、親父殿が後見をなされればよいのに」

「それも、お考えがあってのことだろう」

実際、叡山から見ているかぎり、円心のやり方は間違ってはいない。各地で悪党の蜂起があり、山門の僧兵が京を荒らしたりするといっても、幕府はまだ強い。六波羅探題も、当然ながら強い。その気になれば、五万、十万の軍勢など、すぐにも集められるはずだ。

「それより、次郎。儂に女を世話してくれ。叡山に女はおらん」

「女か。いきなり言われてもな」

「そこを、なんとかしろ。叡山では、くる日もくる日も、武術だけをやっておるのだ」

船越山の城に、頼季はひと晩泊っていくつもりだった。

「そういえば、寡婦《かふ》になって一年ほどの女がいる。しかし、おぬしの巨軀《きょく》を見て、たじろぐかもしれんな」

「お館とて同じようなもんだ。あれで、まだ三人も女をそばに置いておられるではないか」

「まあ、呼んでみるか」

貞範は、典型的な武将だった。兄の範資とは、性格も考え方もかなり違う。しかし赤松家には、上月景満という、知る人ぞ知る侍大将がいた。貞範も、景満の前では頭があがらない。

夜が更けていった。

貞範が呼んでくれた寡婦は、なかなかの見目《みめ》で、頼季を嫌った様子もなかった。

与えられた寝間で、頼季は明け方まで女と媾合《まぐわ》っていた。

赤松村まで、十里ほどの道のりである。

疲れきって眠っている女をそのままにして、明るくなると頼季は出発した。

佐用庄を通ったが、光範のところへは寄らなかった。まだ幼い光範に会ったところで、家人に気を遣わせるだけだろう。

赤松村が見えてきた。ほぼ一年ぶりの赤松村である。このあたりまで来れば、叡山と較べてかなり暖かくなる。

円心の館は、貞範の城や光範の館とはまるで趣が違う。堀も垣根もなく、小さな門があるだけである。館の前には小川があり、村の童がよく小魚を獲《と》っている。十二年前、頼季が叡山にむかった時と、ほとんど変ってはいないのだった。

「頼季、帰ったのか」

縁から声をかけられた。円心は、縁に立って村の家の方を眺めていたようだ。

客殿で、むき合って座った。

「貞範のところに寄って、山の垢《あか》を流してきたか。すっきりした顔をしておる」

見抜かれているようだった。弁解をしようとは思わず、頼季はただ頭だけを下げた。

「なにがあった。特に報告があって戻った、という顔もしておるぞ」

「昨年の暮に、帝の皇子たるお方が、天台座主《ざす》となられました」

「帝の皇子か」

「尊雲法親王《そんうんほっしんのう》といわれます。気性の激しいお方で、毎日、僧兵たちを集めては、武術の鍛練をされております」

「修学はなされずにか？」

「修学など、あのお方の頭には、もともとないようです。倒幕のことだけを考えておられます」

「正中の変がそれほど大事にならずに済んだというのに、また皇子たる方が倒幕を口にされておるのか。困ったものだ」

「困ったものなら、お館に報告に下山したりはいたしません」

「叡山の僧兵だけで、六波羅探題に勝てるのか。まして、六波羅の背後には、鎌倉の幕府があるのだぞ」

「有力な武士が、すぐに同心するようなことはありますまいな」

　頼季が言うと、円心の眼が光った。

「ただ、武士以外の兵が集まるかもしれません。今度なにかが起きる時は、叡山あたりから火がつくと思われます」

武士以外の兵とは、悪党、溢者など、異形異類《いぎよういるい》の人々だった。勿論、叡山の兵力も入っている。それでどの程度のことができるのかと、はじめは考えた。しかし、二万、三万はすぐに集まりそうだった。特に、山の民が法親王を通して、朝廷と結ぶ気配を見せはじめたのが大きかった。そうなれば、かなりの数の兵力になるし、日本の山岳部のほとんどが、朝廷の影響下に入ることになる。その動きを感じはじめた時、頼季は円心に報告すべきだと思ったのだった。

尊雲法親王が天台座主になった昨年十二月からの動きを、円心は黙って聞いていた。

「それで、同心する武士は？」

「いまのところ、鎌倉に不満を抱く小領主だけでございましょう」

「守護のひとりもおらぬのか？」

「各地で、抵抗がはじまり、それが長引けば長引くほど、集まる兵の数は増えるでありましょう。法親王を中心とする朝廷が、それをどれほどまとめられるかは、正直なところわかりません」

「まだまだ、弱いな」

「しかしお館、圧倒的な反幕勢力など、すぐにできるはずもありません。はじめは小さな火が、やがては燃えあがっていく。そういうものでございましょう。幕府をよしと思わぬ、守護もいるはずです。それが蜂起することになれば、火は一気に燃えあがります。幕府の、守護による支配が磐石《ばんじゃく》とは、お館も思ってはおられますまい」

「これだけ続いた幕府を、北条得宗家を、たやすくは潰《つぶ》せまい」

「しかし、燃え拡がった火は、必ず赤松村にも及びます。その時、どちらにつくかは、お館がお決めになればよいことです。ただ、火が燃え拡がる時を、見過されぬよう、それがしは願います」

「わかった」

円心は腕を組んでいた。円心が判断を、誤るかもしれない、と頼季は考えていなかった。なにかを待っていることは、円心と接していればよくわかる。そして、倒幕の勢力に加わることでしか、大きく飛躍する方法はないのだ。一族の血を絶やさぬようにする、ということを第一に考える、古い小領主たちと円心は明らかに違う。一族の頂点の地位も、実力で摑んだのである。

「もうひとつ、お願いがございます」

「聞こう」

「尊雲法親王が兵を挙げられた時、そこにそれがしも加わりたいと思います。お館がどちらにつかれるか、あるいはどちらにもつかれないか、どうであろうと、それがしは尊雲法親王のもとで闘おうと思います。赤松家の家の子ではありますが、叡山に登った身でもあります。お館に、それほど厄介をかけることではないと思っております」

頼季は、最後のひと押しをするつもりで言っていた。

「尊雲法親王とは、そのようなお方か？」

「京の青公家とは、まるで違います。武士の家にお生まれであったら、それこそ大変な侍大将になられたでありましょう」

「頼季がそれほど魅《ひ》かれるとは、よほど剛毅《ごうき》なお方なのであろうな」

「倒幕の勢力は、はじめはひとつでありましょう。ひとつにまとまっていても、小さすぎるほどです。それが大きくなれば、いくつかの流れになるかもしれません。その流れの大きなひとつが、間違いなく法親王です」

「心に刻んでおこう」

円心は、腕を組んだままだった。

それから頼季は、思いつくままに、山門での生活などについて語った。円心の表情が、いくらか和《なご》んだものになった。

「しばらくは、赤松村にいるのであろう、頼季？」

「はい。お許しがいただけるなら、ふた月ばかりと考えております。倒幕の話については、二度と申しあげません」

「頼季も、大人になったものだな」

「大人、でございますか？」

「法親王のもとに参じよとは、ついにひと言も言わなかった」

円心が笑った。頼季は、磨きこまれた板敷の、鈍い輝きに眼を落とした。

5

春になり、館の前の小川で遊ぶ童の姿が見られるようになった。桜はまだだったが、梅は咲きはじめている。

「なかなかのものでございました。あれほど兵が思い通りに動くようになるまでに、上月殿は、大変な御苦労をされたでありましょうな」

二日ばかり、上月景満と山に行っていた小寺頼季が、戻ってきて言った。景満は、兵を七、八十ずつ連れては、山中で鍛練をしている。それはもう、ここ四、五年は続けられていることで、いまでは円心の思い通りに動く軍勢になっている。ただ、足軽も含めて、五百に足りない少勢である。

「あまり多人数を動かすと、代官殿も気になるであろうしな」

館には二十名ほどの郎党がいるだけだが、その七、八十が館にいる時が、しばしばあった。そういう時ようやく、ここも武士の館らしいものになる。

「これから、佐用郡の郡代殿が来られる。年に一度の巡検じゃ。いま、饗応《きょうおう》の仕度をしているところでな」

円心は、地に這《は》いつくばって郡代を迎え、あらんかぎりの饗応をし、牛車に載せた土産物を差し出す。郡代は六波羅探題の郎党であるが、円心の饗応を露骨に求めてくる者が多い。円心はいつも、相手が求める以上の饗応をしてきた。いままでに何人の郡代が、巡検と称してこの館に来ただろうか。

三郎が、小川に石を投げていた。郡代がやってくるのは仕方がないとしても、なりふり構わぬ円心の饗応ぶりが、気に入らないのだ。去年までは、正面から円心に食ってかかったものだが、今年はなにも言わない。六十八日間の、新浜の泊の賦役にひとりの役夫として行ったのが、なにか心に変化を起こさせたのか。

戻ってきた三郎は、確かに以前とは違っていた。躰で覚えさせられたこともあるはずだ。佐用郡からは三十名の役夫を出したが、八名は戻ってこなかった。

役夫は、各庄の代官が集めるが、佐用郡ではほとんど円心が任されていた。役夫に徴発した者の中から、頑健で俊敏な者を二人、三人と選んで、円心は自分の郎党に加えている。戻ってきた時の状態を見れば、選ぶ人間はおのずから決まる。

三郎は、痩せて眼が光り、若い野獣のような姿だった。ただの役夫なら、当然郎党に選ぶべき対象に入っていた。それを確かめられただけで、円心はよしとしていた。

郡代の一行二十名ほどがやってきたのは、午《ひる》に近い時刻だった。赤松村は、佐用郡の南の端である。

円心は、門のそばに平伏して一行を迎えた。三郎もそばに控えさせてある。

今年の年貢について、少しやり取りがあった。昨年、佐用郡の年貢米の一部が、悪党の強奪に遭ったのである。無論、円心は関係していない。西播磨での活動はできるかぎり避けていて、東播磨や美作《みまさか》、備前《びぜん》での活動が多いのである。

「昨年、強奪された分を補わねばならぬ。わかっておるな、赤松円心」

実際は、増税をするという申し渡しだった。庄の代官が徴発し、それをさらに郡代が集める。その間に、消えていく分は多かった。そして、それぞれの村に出かけて徴発するのは、円心の役目だった。これ以上の徴発は、もう無理である。

「この赤松円心にお任せくだされば、必ず達成して御覧に入れます」

足りない分は、円心が補うのである。無理に徴発すれば、翌年の作柄に響く。餓死する者も出る。しかし、ほかから奪ってきたもので、補って余りあった。

饗宴がはじまった。巡検などといっても、円心の館に来るだけのことである。

「腐っておりますな。六波羅探題の直轄領でさえ、こんなものですか」

夕刻近く一行を送り出したあと、頼季がそばへ来て吐き出すように言った。三郎は、ただ黙りこんでいる。

山伏がひとり、館を訪《おとな》ったのは、それから数日後だった。

応対に出た中山光義に、日野俊基と名乗ったので、円心はしばらく考えた末に、客殿に通して会うことにした。

狡猾《こうかつ》な眼をした男だ、と思った。それも、武士には見られない狡猾さであるような気がした。話しぶりは、静かで丁寧である。

「私の手の者が、西播磨で消息を絶っています。その者は捨てておいてよいのですが、この地が気になりまして、歩いてみようと思いました」

光義に斬らせた若者のことを、どこまで気づいているのか、円心は読もうとした。

「佐用郡では、悪党、溢者が暴れ回ることはあまりないのですが」

「それでも、悪党はおりましょう」

「昨年、年貢米が一部強奪される騒ぎがありました。今年になって、高田庄から運び出した水銀が奪われるということが起きましたが、それも悪党の仕業《しわざ》と言われてはおります」

日野俊基は、じっと円心に眼をむけていた。円心も、眼をそらさなかった。

「赤松殿、私は六波羅探題に反抗しろなどとは言わぬ。いまのお主《ぬし》の身の処しようは、賢明であろう。騒ぎを起こすのだけが、悪党ではない」

日野俊基は、いきなり切り出してきた。

「それがしが、悪党であると言われますか？」

「村や庄、郡全体のありようが、ここは落ち着いている。しかしそれが、郡代の政事がよいからだとは、誰も信じまい。自らの拠《よ》って立つ地は決して荒らさぬ悪党というのは、言い過ぎであろうか」

「この円心は、もはや齢《よわい》五十に達しております。静穏に暮しとうございますな」

「人間は、五十に達すれば静けさを望む、と私は思ってはおらぬ。いつか、燃え盛る火を抑えかねることがあろう。一度、帝のお召しに応じてみる気はないか？」

大胆な言い方だった。

かなりのことを、日野俊基は調べあげている、と円心は思った。これが六波羅に知られれば、数千の軍勢で押し潰されるだろう。

「帝のお召しと言われても」

「すぐにではない。いずれ使者を寄越す」

「性急すぎる申し入れでございますぞ、日野俊基様」

日野俊基は、じっと円心に眼をむけている。それがしばらく続き、白い歯が見えた。

「探りを入れてみた。許されよ」

「それがし、歳のせいか、心の臓が弱っております。身の縮むようなことは、なにとぞ申されますな」

「私が、ここを訪ったことだけを、憶《おぼ》えておいてくれればよい」

「忘れたくても、忘れられることではございませんな」

「世を、よく見据えられるがよい。なにかが動いておる。間違いなく、動いておるのだ」

それから日野俊基は、関東の話をはじめた。鎌倉の幕府で、元執権《しっけん》の北条高時《たかとき》が、どれほど馬鹿げた振舞いをしているか。足利高氏《あしかがたかうじ》や新田義貞《にったよしさだ》などの、外様《とざま》の有力御家人《ごけにん》の間に、幕府に対する不満がどれほど鬱積しているか。陸奥《むつ》で、どれほどの戦が起きているか。

ある程度は円心も知っていることだったが、日野俊基の話は詳細をきわめていた。それは、思わず不快になるほどの詳細さだった。

日野俊基が帰ったあと、円心は終日居室で考えこんでいた。

三郎と頼季を呼んだのは、翌日の朝である。

「きのう、ある人物が、館へ来た」

二人とも、黙って頷いた。表情に緊張の色が滲《にじ》み出している。

「誘いを受けた」

円心は、一度眼を閉じた。

「その誘いに、乗ろうという気は起きなかった。これからも、起きぬであろう」

三郎の表情が、眼に見えて暗くなった。頼季は、じっと円心を見つめている。

日野俊基を、円心はどうしても好きになれそうもなかった。五十年生きてきた円心の感覚が、それを教えている。帝がどういう人物なのかは、わからない。わからないが、日野俊基の誘いで、帝に応召しようとは思わなかった。

「ひとつ、考えたことがある」

円心は、確かめるように、ゆっくりと言った。頼季は円心に眼をむけ、三郎はうつむいている。

「三郎を、元服させる。いつでもよいと思っていたが、十六歳だ。遅すぎるほどになった」

三郎が眼をあげていた。

円心は、自分の内のなにかに、それでいいのか、と問いかけていた。それでも、口から言葉は出てきた。

「元服し、すぐに出家せよ、三郎」

「なんと」

「頼季は、そろそろ叡山に行くころであろう。その時、おまえもともに登るのだ」

「それは」

「なにも言うな。頼季にはわかるはずだ。尊雲法親王というお方がおられる。近侍させていただくとよい」

「決心されましたか、お館」

「決心したわけではない。三郎、儂が戻れと言ったら、すぐに赤松村へ戻り、還俗《げんぞく》するのだ。三郎、いや、則祐《そくゆう》。尊雲法親王がいかなるお方か、その眼でよく見て参れ」

「則祐?」

「そうだ、則祐坊」

それだけ言い、円心は眼を閉じた。二人が立ちあがる気配があっても、円心は眼を開かなかった。これでいいのか、という問いかけだけが、まだ続いている。

第二章　意　地

1

各地で、年貢米の倉が襲われはじめた。秋になると毎年のことで、西播磨《はりま》でもそれは変らなかったが、規模は他国と較べて小さかった。

赤松《あかまつ》一族は、国境を越え、備前《びぜん》、美作《みまさか》で動くことが多かったのだ。

円心《えんしん》は一族の軍勢を二つに分け、一方は次男の貞範《さだのり》に、もう一方は上月景満《こうづきかげみつ》に与え、自身は赤松村の館を動かなかった。西播磨の悪党の動きは、配置した者たちから逐一もたらされてくる。昨年の秋より、確かに動きは多くなっていた。

円心が腰をあげたのは、十二月に入ってからだった。備前での悪党狩りが、看過できないほどになっていたのである。特に船坂峠《ふなさか》を守護の軍勢が固め、西播磨からの悪党の侵入を防ぐ態勢が布《し》かれていた。備前で動く悪党のかなりの部分が、西播磨から来ていると見られている証拠だった。

百ほどの軍勢を率い、山中の岨道《そばみち》を通って美作へ出、そこから備前にむかうという方法を、円心はとった。播磨からの軍勢と、相手に悟らせたくないための迂回《うかい》だった。

備前には貞範の百五十ほどがいて、円心の率いた軍勢と合わせると、二百五十になった。船坂峠の播磨側では、上月景満が五十ほどを率いて動き回っている。それは、播磨から備前にむかおうとする、野伏《のぶせ》りの一団と相手方には思われているはずだ。

上月景満と、呼応はしない。備前で大規模に動く軍勢が、播磨の悪党とは関係ないと思わせるためだけの、陽動である。

「加地貞季《かじさだすえ》が、本腰を入れて悪党狩りをはじめてから、備前の悪党は鳴りをひそめております。動いているのは、われらぐらいのものです」

年貢米が動く時期には、備前守護加地貞季が、二千もの軍勢を率いて直々《じきじき》に出陣してきていたという。二千の大軍の前では、二十、三十の群にしかすぎぬ悪党は、どこかに潜りこむに決まっていた。二千の大軍がいつまでも巡回していられるわけはなく、引きあげるのを待てばいいのだ。

加地貞季が、悪党についてくわしく知っているとは思えなかった。二千の軍勢で威圧すただ、それは無駄以外のなにものでもない。加地の家中《かちゅう》に、油断できない動きがあった。播磨との国境あたりを押さえる、三石城《みついし》の伊東《いとう》一族である。百、二百の少勢を巧みに動かし、備前の悪党のかなりが踏み潰された。貞範も、一度待ち伏せられ、上月景満の助けによって、かろうじて逃れている。

播磨との国境の、船坂峠や山伏峠《やまぶし》を押さえているのも、伊東一族だった。

「加地貞季が大軍を出す前に、伊東一族を潰そう。それも、美作の悪党としてな」

「それがしが播磨から越境しているとは、三石城では思ってはおりますまい」

貞範が思っている通りかどうかは、わからなかった。船坂峠を押さえられ、貞範が播磨への退路を断たれた恰好になっているのは、事実なのだ。

「儂《わし》が美作から入った。それはもう、三石城には聞えていよう。これから、備前中部を荒らし回る。潜んでいる溢《あぶれ》者《もの》たちも出てこよう。百は、すぐに二百、三百になる。伊東一族を、まずは城から誘い出すことじゃ」

「それがしは、父上と一緒に動けませんのか。百五十もおりますぞ」

「おまえは、敵の背後を襲うために、どこかに潜んでいよ。矢だけは、余るほどに持たせておけ。矢を射かけ、反転してきたら逃げる。その時は、儂の方から矢を射かける。つまり敵は、どちらへ動こうと、たえず背後から矢を受けることになる」

軍議というほどのことではなかった。貞範が拠《よ》っている、山の中の小さな窪地である。地面に小枝で簡単な絵図を描き、三石城の軍勢の動きに合わせてどうするか、貞範に言わせてみただけだ。戦《いくさ》が好きと自ら言い放つだけあって、貞範は隙のないことを言った。

「よかろう。儂はこれから西へむかう。十里ほどの間に、穀物倉がいくつかあろう。それは、襲っておく。今度だけは、奪った米は、溢者たちの好きにさせる。われらは、三石城の軍勢を潰せれば、それでよい」

貞範が大きく頷いた。ここ三月ばかりの間、三石城の軍勢にはかなり悩まされたのだ。いま円心が思うままに動かせる一族の軍勢は、二百五十というところだった。残りは、やはり西播磨にとどめておかなければならない。手薄にすれば、悪党に襲われかねないのだ。

百の軍勢を率いて、円心は西にむかった。潜んでいた溢者たちが加わり、すぐに百五十ほどになった。

通りすがりの村の穀物倉を襲っていく。警固の兵は、せいぜい二十である。百五十の軍勢を見ると、ほとんどが闘わずに逃げた。それでもたちむかってこようとする者たちとは、ぶつからず矢を射かけた。その方が、兵が手負わなくても済むのだ。円心の軍勢は充分な矢を持っていたが、溢者たちは太刀のみという有様で、矢を射る代りに石を投げていた。

三日目、三石城から四百の軍勢が出たと注進が入った。ほとんど三石城の全勢力である。船坂峠の押さえの軍勢も、呼び戻したらしい。

円心は反転し、東へむかった。いつの間にか、軍勢は二百五十を超えている。

「このまま、ぶつかるぞ。ぶつかったら、すぐに退《ひ》く。そして矢を射かける。溢者たちには、やりたいだけやらせておけばよい」

そばにいる、中山光義《なかやまみつよし》に言った。四日目には、ぶつかりそうな気配である。

「それがしが、溢者たちを率いましょう。お館《やかた》は、機を見て矢を射かけてくだされい」

「貞範が背後に攻めかかったら、おまえもすぐに退け。無理をすると、味方の矢に当たることになるぞ」

溢者は徒《かち》ばかりなので、行軍を速めるわけにはいかなかった。

思った通り、ぶつかったのは四日目の朝だった。

どちらが先に踏み出すか。それで緒戦が決まることが多い。遭遇戦では、特にそうである。敵と出会った瞬間、中山光義はすでに飛び出していた。つられたように、溢者たちが攻めかかっていく。

押し返されてくるまで、円心は待った。周囲に残っているのは、自分の兵だけである。先手を取ったために、光義はかなり攻めこんだ。敵が陣を立て直すまでに、二、三十は倒したようだ。

やがて、兵力の差が出てきた。押され気味になった溢者を、光義はうまい具合に小さくまとめていた。これが散らばっていれば、味方を射ることも覚悟しなければならない。

「まだだ」

円心は、矢を放ちそうになる兵を止めた。弓に矢をつがえた兵は、気が逸《はや》り、自分の矢がいつもより遠くまで飛ぶと思いこんでしまう。

光義が、後退してきた。放て、と円心は命じた。百本近い矢が、一斉に唸《うな》りをあげ、風を起こした。敵の動きが止まった。四の矢まで、円心は射かけさせた。

背後から、貞範の百五十が攻めかかるのが見えた。光義が駈け戻ってくる。

「よし、敵が反転したら、すぐ後ろまで進んで矢を射かける。それでこちらへむかってきたら、退く。貞範が攻める。儂と貞範の間で、敵を蹴鞠《けまり》のようにしてやればよい」

攻める側が間隔をとった、矢による挟撃である。ぶつかり合わないかぎり、兵の損耗《そんもう》はほとんどない。前進と後退を、二、三度くり返した。敵の数は、そのたびに減った。算を乱して敵が散りはじめるまで、それほどの時はかからなかった。

「三石城を、総攻めにする。逃げる敵は、溢者に任せておけ」

貞範の軍と合流し、二百五十が一団となって駈けた。三石城は土塁に逆茂木《さかもぎ》という、簡単な造りである。

一刻《いっとき》も駈けると、城が見えてきた。

円心は、攻撃の軍を三段に分けた。二段までの攻めで、城兵は逃げはじめた。五十ほどの兵しか残っていなかったらしい。

蓄えられていた兵糧を奪い、逆茂木に火を放った。それは柵に燃え移り、小さな館も燃えあがらせた。

奪った兵糧は、貞範が五十ばかりを率い、船坂峠を越えて播磨に運びこむことにした。残りの二百を率いて、円心は北の美作との国境にむかった。あくまで、美作の悪党の侵入と、加地貞季には思わせておきたい。勝ったあと、わざわざ迂回して帰るなどとは、多分考えないだろう。

「お館の要心深さに、貞範様は驚いておられました」

「おまえも、そうであろう、光義。若い者は、ここでもうひと暴れしたい、と考えるであろうな」

速やかすぎる、備前からの離脱だと、貞範も光義も感じているだろう。厄介だった三石城を潰したのである。

「よいか、光義。大義のない戦を、長く続けてはならぬ。われらは悪党ぞ。敗れることは許されぬのだ。大義さえあれば、一敗地にまみれたとて、再び旗をあげられよう。兵も集まろう」

美作へは山越えで、さらにそこからまた山を越えて、播磨へ帰らなければならない。まるで敗軍のようだ。それでも円心は、要心を捨てようとは思わなかった。いま、六波羅《ろくはら》や守護と対立すれば、勝ちは望めない。

「それがしは、いつか大義の戦というのをしたいと思います。それほど遠くない、という気もするのですが」

「機は、まだ見えぬ」

にべもなく、円心は言った。

幕府は、確かに腐りかけている。襲った穀物倉には米が満ちているが、村の百姓たちはその日の米にも事欠いていた。備前も、美作も、播磨もそうだ。年々、それはひどくなっている。いつまでも続くとは、とても思えなかった。

それでも、幕府も六波羅も、いまだ強力なのである。太刀は、草原にひそませておかなければならない。代官には、諂《へつら》わなければならない。それも、戦なのだ。

「お館、前方に二十ほどの軍勢が」

先に出してある物見からの注進を受け、光義が言った。峠を塞《ふさ》ぐように陣を組んでいるという。二百の軍勢を襲う、二十の野伏りなど考えられなかった。

「伏勢《ふせぜい》に備えよ、光義。軍勢は二つに分ける。その二十とは、儂がぶつかってみよう。おまえは、遅れて進んでくるのだ」

「お館が先頭に立たれるのは、危険ではありませんか？」

「どちらとも言えまい。しかし、二十で道を塞ぐとはな」

　岨道だが、峠のあたりは軍勢を動かせる広さがある。

　円心は馬を降りた。上から攻め下ってくる敵に対しては、とにかく小さく固まり、やり過すことだ。

　緩やかな上りを進んだ。三段に陣を組んだ二十名ほどの軍勢が見えた。大将格らしい武士が、ひとり先頭に立っている。死ぬ気になっている、と見えた。

「道をあけろ。こちらは二百だ」

　なんとか矢が届く距離に達していたが、円心は兵を抑えていた。

「勝手に暴れ回られて、黙ってここを通したとなれば、わが一族の名分が立たん。もとより、負けは覚悟の合戦よ」

「伊東一族の者か？」

「伊東惟群《これむれ》とは、儂のことよ」

「戦には出てこなかったな。臆して逃げていたのか？」

「加地貞季ごときの言いなりになって、戦などできるか。ただそれと、一族の面目とは別のことよ。まさか、あれほど不甲斐なく負けるとは思っていなかったが、こうなれば儂が闘うしかなかろう」

「守護殿は嫌いか？」

「守護も六波羅も幕府も、聞いただけで反吐《へど》が出るわい。儂が闘うのは、加地貞季のためではないぞ。一族の恥をそそぐためだ」

まだ若い武士だった。後ろにいる兵たちの顔にも、悲壮な決意がみなぎっている。伏勢など、どこを探してもいないようだ。

円心は、ふと親しみに似たものを若者に感じた。

揉《も》み潰すのは、たやすかった。ただ、死を決意した二十名を相手では、こちらも犠牲が出るだろう。

「ここでぶつかり合えば、おまえたちはみな死ぬ。どうだ、儂と一騎討ちをせぬか。おまえが勝てば、少なくとも儂の首は取れよう」

光義がそばにいれば、当然止めるだろう。いまは、まだかなり後方だった。

「おまえが勝てば？」

「命をひとつ貰うだけでいい。それで、ここを通して貰う。どうだ、ぶつかり合ったところで、儂の首を取れはせぬぞ。おまえの配下の者も、みな犬死にだ」

「名を、訊こう」

「悪党に、名などないわ」

「よし、その首だけは貰ってやる」

若者が、五、六歩進み出てきた。

止めようとする者を制止して、円心も出て行った。二十歳そこそこというところか。

「伊東一族は、守護殿と対立しているわけではないのか？」

「年寄りどもに、意地がないのよ。加地の言うことなら、天地を逆様《さかさま》にしかねん。だがな、伊東一族には、骨のある者もいるぞ」

「悪党狩りの指揮をしていたのは、おまえか？」

「二千の軍勢を連れてきても、加地はひとりの悪党も殺せなかった。儂は、百とか二百とかで、それをやってみせた」

百、二百の軍勢がこういう男に率いられていたら、貞範や上月景満でも持て余しそうだ。戦は、大将の意気で、まるで違った展開を見せるものだ。

「伊東惟群と言ったな、そろそろはじめるか」

「おう、ここで悪党と、つまらぬ話を続ける気はない。おまえの首を取ってしまえば、ほかのやつらは逃げるであろうし、手間が省けるわ」

伊東惟群が、太刀を抜き放った。三尺近い太刀だが、楽に使いこなせる膂力《りょりょく》はありそうだ。円心は、太刀の柄《つか》に手もかけず、ゆっくりと近づいて行った。

空気が張りつめた。円心は、口もとに笑みを浮かべた。伊東惟群は、その誘いに簡単に乗ってきた。太刀を上段に振りあげ、哮《ほ》えながら打ちかかってくる。大地を裂きそうな打ちこみだったが、円心は横に踏み出すことによって避けた。次の刹那、抜き打ちざまに下から斬りあげた。腕と顔を掠《かす》めた。太刀は、伊東惟群の手から落ちている。顔を血に染めながら、伊東惟群は脇差を抜いた。

「よせ。二の太刀で首を刎《は》ねられたぞ。おまえの負けだ」

伊東惟群は、すさまじい眼で円心を睨みつけてきたが、全身から力を抜くと、枯れた草の上に脇差を放り出した。後ろに立っていた者たちが飛び出してこようとしたが、両腕を拡げてそれを制した。

「頼みがある」

「命が惜しくなったのか？」

「俺はいい。すぐに首を刎ねてくれ。だが、残りの者たちは、見逃してはくれぬか？」

「はじめからの約束だ、それは」

「みんな、俺に従っただけだ。俺が死ねば、散るだろう」

円心は、太刀を鞘《さや》に収めた。

「命を、ひとつ貸しておこう、伊東惟群。備前で悪党が暴れるのは、守護やその代官に抗してではないか。加地貞季が嫌いだと言っていたが、悪党狩りは、加地貞季を、ひいては六波羅や幕府を利するものだとは思わぬのか」

「米を、奪っていく」

「年貢米として、百姓から取りあげ集めた米ではないか」

「伊東一族は、加地に従うことになっておる。仕方があるまい」

「ほんとうは、暴れたいだけであろう。そういう時は、野山を駈けろ。加地貞季には従順でいろ。ただし、無能で従順でいるのだ。わかるか？」

「そうやって一生を終えるなら、ここで首を刎ねられた方がましだ」

「時を見ていろ、伊東惟群。おまえがほんとうに闘いたい相手が、やがて見えてくる」

円心は、軍勢に進軍の合図を出した。すでにすぐ後ろまで、光義の率いる軍勢も追いついてきている。

「名を」

馬に乗った円心に、伊東惟群が声をかけてきた。草の中に落ちた太刀を、まだ拾ってさえいない。

「巴《ともえ》」

ひと言だけ言い、円心は馬腹を蹴った。

2

小寺頼季《こでらよりすえ》が、円心からの使いを受けたのは、夏の盛りだった。

頼季は、ひとりで叡山を下り、瓜生《うりゅう》山の麓で円心と会った。円心は山伏姿で、中山光義ひとりを伴っていた。

円心に会うことを、則祐《そくゆう》には伝えていない。伝えるな、と書状にあったからだ。

「二人だけで、京に来られましたか」

「ひとりでと思ったのだが、範資《のりすけ》が許そうとしなかった。光義に京を見せるのもよい、と思ったのでな」

「ならば、尼崎《あまがさき》を回って来られましたか」

頼季は、ある期待を抱いて、叡山を下ってきていた。その期待がなんであるのか、自分でもはっきりはわからないが、なにかが近づいてきたようなときめきはあった。

「則祐殿は、中坊《ちゅうぼう》の悪律師と呼ばれ、法親王《ほっしんのう》に近侍されております。法親王は、則祐殿を見て、すぐに気に入られました」

「あれからもう、二年半が過ぎようとしているのか」

「武芸鍛練の日々でござる。法親王はことのほか則祐殿に眼をかけられ、合戦の訓練の時は、軍師のひとりとしていつも側に置いておられますぞ」

なんのために尼崎から京へ来て、自分に会っているのか、頼季は考え続けていた。円心は、勇猛なだけの武者ではない。時を見る眼を持ち、策謀にもすぐれている。ただ、なにかを決断するまで、決して人に心の内を見せようとはしない。それが、慎重すぎると頼季の眼には見えることもあった。

「十八か、則祐も」

「法親王は、二十三になられます」

「京は、大きく変ったのう、頼季」

「腐りかけております」

円心は、まだ若いころ、一度だけ京に出たことがあるはずだ。なにかの折に、頼季はそれを聞かされたことがあった。

「おまえが赤松村に戻らぬので、儂の方から訪ねてみた」

「京を御覧になればおわかりでしょうが、いつなにが起きるかもわかりません。則祐殿を一度は赤松村にと思いながら、日が過ぎてしまいました」

「則祐を案じて、訪ねたのではない」

頼季は、円心の次の言葉を待ったが、なにも出てこなかった。眼を閉じた円心の顔を、頼季はじっと見つめた。

「六波羅の犬が、わがもの顔に京を歩いておりますな」

中山光義が言った。この円心の側近を、頼季はあまり好きではなかった。いつも、冷然と人を斬りそうな気配を漂わせている。この男に較べれば、上月景満の方が、ずっと親しみが持てる。

「よく哮《ほ》える犬どもだ」

「鎌倉からの兵が、かなり入っていると見ましたが」

「さよう。六波羅の軍勢だけでは、幕府は不安なのだ。その不安を、もはや隠そうともしておらぬ」

「やはり、京からかのう」

円心が、眼を閉じたまま言った。幕府への叛乱が、どこからか起きる。円心は、明白にそう思っているようだった。

尊雲法親王《そんうんほっしんのう》の挙兵から、すべてがはじまる、と頼季は思っていた。それは頼季だけが思っていることで、法親王の口から出たこともない。

「京からはじまることは、好ましくないのう。戦がなにかも知らぬ、殿上人《てんじょうびと》たちの叛乱になる。すぐに潰されるであろう」

「しかし、帝《みかど》が幕府を討てと言われれば」

「その声が、どこまで届き、いつまで続くかだ」

一度六波羅に押さえられてしまえば、声はもう聞えはしないであろう。円心も、そう思っているようだった。いざとなれば、周囲の者に責めを負わせる。そうやって自らの立場を守るのが帝のやり方である、と正中《しょうちゅう》の変が無言で示していた。

「一度、法親王にお会いになりませんか、お館？」

「そのつもりで、おまえを呼んだのだ。できるであろうか、頼季？」

「則祐坊の父上であられます。法親王もいやとは申されますまい」

「儂が法親王に拝謁することが、そのままお味方をすることにはならぬ。そこをうまく運ぶために、おまえを呼んだのだ」

つまり、正式に会いたくはないということなのだろう、と頼季は思った。円心らしい慎重さだった。会ったということを、他人に知られたくもないに違いない。

叡山から見ているかぎり、円心は諸国の悪党となんら変るところはなかった。狡猾《こうかつ》に身を守っている悪党、という感じである。

頼季は、円心が各地に人を配置し、情報を集めていることを知っていた。尼崎に館を持ち、そこでは商いに近いことをやっているのも知っていた。守護や領主に対する不満だけから、悪党となったわけではないのである。秘めたるなにかが、円心の心の中にはあるはずだった。

叡山では、というより法親王の側近たちは、幕府に不平を抱く各地の武士たちの動静を探っている。いまのところ、討幕の味方になりそうな有力武士はいない。異形《いぎよう》の者たちは、朝廷に多く集まるだろう。山の民との繋《つな》がりもかなり強固なものになってきている。

そしてもうひとつが、悪党だった。全国で跳梁《ちようりよう》している悪党を、ひとつにまとめるにはどうすればいいのか。まとめることができれば、かなりの軍事力になるはずだった。いま悪党として名が挙がっているのが、河内《かわち》の楠木正成《くすのきまさしげ》だった。楠木は、商業や交通の中に食いこんで力を持ち、その権利を統轄しているのが朝廷だから、味方に引きこみやすいと見られていたが、いくら誘いをかけても乗る素振りは見せない。

もうひとりが円心だと、頼季はひそかに思っていた。円心の実像を知る者が叡山にはなく、頼季も則祐もそれを語ったりはしなかった。

「言葉を交わせるかどうかは別として、お姿を見ることは難しくありません。それがしに、お任せいただけますか？」

頼季は、急ぐ気持を抑えた。慌てて事を運べば、円心は赤松村の田舎武士に戻ってしまうだろう。円心の抱く志は、自分が思っているよりずっと大きいのかもしれないと、時々思うことがある。いまだ頼季が赤松円心を主《あるじ》として戴き続け、叡山の僧兵にはなりきれないのは、少年のころからそれを漠然と感じていたからであった。

円心については、自ら動き出すのを待った方がいい、となにかが教えていた。

「法親王は、毎日合戦をなさいます。それに加わればよろしいと思います」

「合戦をですと？」

光義が言った。円心は、それでいいと言うように、軽く頷《うなず》いた。もとより、合戦を模した武芸の鍛錬である。

「これから山に登れば、明日の合戦には間に合いましょう。お館は、お疲れではありませんか？」

「合戦であろう、頼季」

疲れたら負ける。それも合戦だった。円心は、偉丈夫というだけでない。並はずれた頑健さも持っていた。

「蟬が、かまびすしいのう」

山に登りはじめた時、呟《つぶや》くように円心が言った。なにかほかの意味があるのか、と頼季は束の間考えた。夕刻である。中坊に着くのは、深夜になりそうだった。

3

中坊に着くと、円心はすぐに眠りはじめた。

どんなところでも眠れる。自分にむかってくる気配がないかぎりは、である。逆に三日眼を閉じなくても、それほどの苦痛は感じない。自《おの》が躰《からだ》を、そういうふうに作っていた。

揺り起こされた。

光義である。その背後に、則祐が立っていた。頼季が気を利かせたものらしい。二年半の間に、則祐は骨格も大きくなり、表情もひきしまっていた。童を感じさせるものは、どこにも残っていない。

「久しいのう、則祐坊」

上体を起こし、円心は言った。

「叡山で、父上にお目にかかれるとは、思ってもいませんでした」

「気紛れよ。京へ来たのでな」

なんのために叡山に登ってきたのか、則祐は訊こうとしなかった。あらかじめ、頼季から言い含められているのかもしれない。

「赤松村で、父上に抱いた不満が誤りであったと、ここにいるとよくわかります。ここには天下の情勢が刻々ともたらされてきますが、幕府の力が強いのだということが、身をもってわかるのです」

「そうか」

「ただ、それがしは、法親王のもとで死も辞さぬ、という気持になりました。天下がどうあるべきか、というようなことではなく、法親王そのお人だけに、殉じてもいいと思っております。これだけは、父上に申しあげておかなくてはなりません」

夜明けはまだで、燈台のちりちりと燃える明かりだけが、則祐の顔を照らし出している。

「叡山に登った時から、おまえをわが子だとは思っておらぬ」

「そのようなことでは、ございません。いまの叡山は、俗世より俗であろうと思います。法親王も、いつ還俗《げんぞく》されるかも知れません。そこへも、それがしは付いて参ります」

「わかった。頼季と同じじゃな」

小寺頼季を魅《ひ》きつけ、則祐もまた魅きつけている。尊雲法親王には、それだけのものがあるということなのか。

円心が、尊雲法親王に会おうと思ったのも、頼季が傾倒している人物だったからである。どこかで、なにかがはじまる。そう遠くない日に、はじまる。朝廷からなのか、叡山からなのか、とにかく火はつけられるはずだ。

いまの幕府に、その火を消し尽す力があるのかどうか。肚《はら》を据えて見きわめなければならないのは、そのことだった。大きな争乱になれば、六波羅の直轄領で生きる赤松一族は、当然兵力として徴発されるだろう。その時は、則祐は敵になる。

幕府に、火を消し尽す力がないと見きわめた時は、自分はどこに拠って立てばよいのか。それが、ここ数年、円心が考え続けてきたことだった。それを決めるまでは、面従腹背《めんじゅうふくはい》でいくしかないのだ。

「明朝の合戦は、雲母《きらら》越のそばの森でおこなわれます。東西両軍、合わせて三百です」

「おまえは？」

「法親王のお側におります。法親王は、一方の大将となられ、自ら木剣を手にされるのです」

「儂は、おまえの敵に回ろうかの」

「頼季殿が、そのように手配しているはずです」

「法親王は、武人と呼んでもよいお方のようじゃな、則祐」

「武家のお生まれならば、さぞかし立派な大将になられただろうと思います。激しい御気性で、果断なお方でもあります」

人を判断する時、自分の眼だけを信用することにしていた。自分で会うことができなければ、信用している人間の話を一応訊く。それは一応訊くだけで、会ってみるまで決して信用はしない。

頼季がやってきて、話の中に入った。

「楠木正成という男、よほどの力を持ちはじめたとみえるな、頼季？」

「河内の悪党でございますが、溢者なども自然に集まるようです。人を魅きつけるなにかを、確かに持っているのでございましょう。動こうとしないところなど、お館にそっくりでございますぞ」

「儂は、動けぬだけよ」

「楠木もまた、そうでございましょう。時世を見通せば、すぐに動けるものではありますまい」

円心にとっては、もっとも気になる男だった。本気で畿内《きない》の街道を支配しようと思えば、いずれは六波羅とぶつかるはずだ。その時、あの男はどうするのか。

「楠木も、いや楠木だけは、お館の動きを気にしておりましょうな」

円心の気持を見透《みす》かしたように、頼季が言った。顔半分が髭だった正成の風貌を、円心はなんとなく思い浮かべた。髭のようなもので、心の牙も隠している。そう思ったものだ。

「ところで明日《あす》の合戦ですが、この頼季が一方の大将となるよう、お願いして参りました。

ということで、則祐殿には引きとっていただきたい」

則祐が頷き、一礼して腰をあげた。合戦を模した武芸鍛練でも、敵味方を峻別しているらしい。怪我人もかなり出るとは、登ってくる道で頼季に聞かされていた。武器は、木剣と礫《つぶて》である。

「それがしは、必ず勝つという条件で、一方の大将にしていただきました」

頼季が、板敷に両手をついた。

「勝てる自信は、ございません」

「頼季、儂を嵌《は》めたのか?」

「長く叡山にいたそれがしには、お館の戦ぶりを間近で見るのは、はじめてと言ってもよろしゅうござる。これぐらいのことは、許していただきますぞ」

頼季は、円心を一方の大将に据えようと考えているようだ。それならそれで、面白いかもしれない、と円心は思った。

「地形は？」

「そのおつもりになっていただけましたか。法親王は、なまなかな大将ではございませんぞ、お館。これまでに、どういう策を取られたか、かいつまんでお話しいたしましょう」

「よさぬか、頼季。戦の相手は、いつも未知なのだ。法親王も、儂のことは御存じあるまい」

「それでこそ、お館でござる。ならば、地形だけ、お知らせいたしましょう」

頼季が、懐中から絵図を出して拡げた。光義には叡山が馴染《なじ》めないらしく、ほとんど喋《しゃべ》ろうとしなかった。

払暁、円心は頼季と光義を伴って宿坊を出た。

百五十の兵は、僧兵や溢者や武士とさまざまだった。唯一同じものは、竹の粗末な胴丸である。敵方は違う胴丸を着けているのだろう、と円心は思った。

山中の行軍だった。地形は、頭に入っている。雲母越を過ぎたところで、遭遇戦がはじまり、胴丸を多く奪った方が勝ちということになっていた。

円心は、頼季に命じ、軍勢を三隊に分けて進ませた。物見は四人飛ばしてある。

西播磨の山中で、上月景満が一族の兵を引き連れては、やっていることと同じだった。

悪党は、平原の合戦より、山中の合戦である。いざという時も、山中に逃れる。山の民も、武士ほどには悪党を嫌いはしない。特に赤松一族は、山の民が売りたがる獣の皮や蠟や炭などを、いい値で引き取っていた。それで、山中に軍馬や武器を蓄えることも、許されているのである。

物見からの注進が入ってきた。敵方の百五十も、三隊に分れて進んでくるという。

真直ぐに進ませた。敵方も、兵を散開させる気はないようだ。果断と則祐は言ったが、法親王の性格をよく表わした用兵だった。

お互いが見えるようになれば、物見は役に立たない。

百五十と百五十が、まともにぶつかる。はたからは、そう見えただろう。しかし円心は、敵方の三隊の間隔が、いくらか詰まりはじめているのを見てとった。

円心は、頼季と光義に下知を下した。後方の味方の百が、それぞれ右と左に五十ずつに散開した。敵方の動きは、それに応じた素速いものだった。ただ、横一線に拡がった感じになっている。円心は手を振った。先頭の五十が、敵方の中央にぶつかっていく。右翼の五十が、すぐにそれを追った。左翼が敵の中央にぶつかった時、ようやく敵の両翼も動きはじめたが、中央は突破され、崩れていた。同じ数で、同じ条件のぶつかり合いなら、陣形を崩した方が負けである。

五十ほどの胴丸をあげた時、敵方は退いた。円心は、兵をまとめただけで、追い討ちはしなかった。

髭を蓄え、髪を振り乱した男がひとり、前に進み出てきた。すぐ後ろに、則祐が付いている。

円心は、片膝をついて木剣を背後に置いた。

「何者だ?」

「播磨赤松村の、赤松円心と申し、俗世ではそれなる則祐坊の父でございました」

「なに、則祐の父であると」

「播磨の田舎侍でございます。小寺頼季とは旧知で、この度の一方の大将の軍師をつとめました」

「その方が大将であったろう、赤松円心」

「おわかりになりましたか」

法親王が、じっと円心に眼を注いできた。覇気に満ちた眼だ。底の方で、なにかがめらめらと燃えている。

床几《しょうぎ》が差し出され、法親王が腰を降ろした。

「兵を、一刻ほど駈けさせてこい。手加減はいたすな。遅れる者は、叡山から追い出せ」

命じられたひとりが、駈け出し、両軍の兵をまとめた。身なりには似合わぬ、整然とした駈け足だった。軍勢が駈け去ったあとには、円心と光義、則祐と頼季がむき合うように膝をついていた。

「まず、戦の話から聞こう。おまえは軍勢を三つに分けていたな。私も、そうしていた。ぶつかる寸前に、二隊を横に動かした。私もそうした」

「ぶつかる寸前に、百五十のすべてを、三段に分けて中央に当てる、と決めました。座主《ざす》様の軍勢が、三つに当たる構えと見たからです」

「なにによって、それを見た？」

「三隊の間隔が、詰まっておりました。これは二隊を横に拡げると、どうしても一線になりたがります。中央に御大将がおられるのですから。こちらの三隊は、中央から、右翼、左翼と、角度をもって中央を攻められます。突破した方が、勝ちでありましょう」

「中央を突破すると決めたのも、ぶつかる寸前か？」

「三隊に分けてぶつかる構えを取りながら、すべてを相手の一隊に当てるつもりでおりました。右翼を崩すか左翼を掠《かす》めるか、それとも中央を突破するか。とっさの判断としか申しあげられません」

「中央を突破するのが、最も効果的ではあるな。こちらの陣形は、あれで無きに等しいものになった。左右どちらかを崩されていても、立て直しようはあったであろうが」

「横一線というのは、力の集中ができません。それがしの陣形は、横に見せながら、攻めはすべて縦一線でありました」

「まこと、切先で突き破られたような気がいたしたわ。私の懸け合いは、まだ未熟であったということかな」

「はい」

「追撃はしなかった」

「勝ちが見えたところでやめたのは、座主様に対して恐れ多いと思いましたゆえ」

法親王が、苦笑したようだった。なまじの武将などより、修練は積んでいる。円心には、見ただけでそれがわかった。ただ、直情的な性格が、そのまま戦ぶりにも現われているようだ。

「どうすれば、戦が強くなれるだろうか？」

「実戦でございますな。座主様に足りないものは、それでございましょう」

「実戦か。このまま六波羅に攻め下るわけにも参らぬしな」

それでも、法親王の眼には、覇気が消えずにあった。円心が、すでに失ったものでもある。束の間、羨《うらや》ましさに似たものが、円心の気持の底で動いた。若々しい覇気に代えて、自分はなにを得たのか。

「私は、いずれ討幕の軍を起こそうと思う。正面からぶつかる以外に、幕府は倒せまい。朝廷では、戦を知らぬ公家どもが、いろいろと策をめぐらせておるが」

これほどはっきりと、言っていいのだろうか、と円心は思った。僧兵はもとより、溢者や野伏りなど、軍勢に加えられそうな者たちは、叡山に集めようともしているらしい。

「おまえのような軍師がいてくれると、私は心強い。則祐とともに、側にいようという気はないか、赤松円心？」

「それがしは、ただの田舎侍でございます」

「実戦の経験は積んでおろう。そしてそれを、私に見せてくれた。なにか、大事なものに触れたような気がするぞ。私に好意を抱かなければ、おまえはたやすく負けたとおもう」

「五十を過ぎ、心静かに暮すことだけが望みでございます」

眼が合った。吸引してくるような力に抗《あらが》いながら、円心は眼をそらさなかった。かすかな感動に似たものさえ感じている自分に、円心は戸惑った。

「無理に、叡山にいろとは言わぬ。ただ、こうやって出会ったことは、忘れまいぞ」

円心は、一度頭を下げた。

「いつ、播磨へ戻る？」

「いまより、山を降りまして」

「急いでおるのう。私の戦ぶりに、なにか言うことはあるか？」

「強き戦をなさいます。なれど、兵が座主様と同じように強いとはかぎりません」

「なるほど」

「自らの覇気を、八分に抑えて戦に臨まれることです。兵は疲れます。戦に倦《う》みもします。その時こそ、覇気のすべてを出し尽されればよい、と考えます」

「兵の疲れを、私の覇気が補うか」

「戦は、人と人がするものでございます。その機微を摑《つか》まれてこそ、まことの御大将ではありますまいか」

　法親王が、大きく頷いた。水、と法親王が声をかける。則祐が、すぐに竹筒を捧げ出した。のどを鳴らして水を飲み、法親王は竹筒を円心に差し出す。また眼が合った。一礼し、円心は竹筒を受け取り、飲まずにそのまま則祐に渡した。

「戦では、水を飲もうなどとは思われぬことです。それがしは、躰をそのように作っております」

「憶《おぼ》えておこう」

　一礼し、円心は腰をあげた。

途中まで見送ってきたのは、則祐ではなく頼季だった。目論んだ以上にうまく、円心を法親王と対面させられたと思っているのか、頼季は饒舌だった。

円心は、確かに法親王に好意を抱いた。それを隠しもしなかった。しかしそれが、法親王のもとに馳《は》せ参じる理由にはならない。討幕と、円心にまで口に出して言う法親王は、一途ではあるが、すべてを見ているとはとても思えないところがある。

「頼季殿はおわかりになりませんでしたか。お館は、水をお飲みにならなかった」

頼季の饒舌に耐えかねたように、光義が言った。光義は、僧兵も山伏も溢者も、あまり好いてはいない。その巣窟のような叡山に、円心が入ることにはじっと耐えていたが、味方をするしないの話は別のことだ、と考えているのだろう。武士として立ちたい、という思いを強く持っている。

「戦で水を飲んではならぬ、とお館は法親王を諭されたのではないか」

「あの水に、法親王は別の意味をこめられていたのではありますまいか。それがしは、そう見ました」

「のどが渇いていなかった。それだけのことだ」

円心が言うと、二人は黙った。

蟬の鳴声だけが、まだかまびすしい。

4

京で雇った忍びが、仕事を果して戻ってきたのは、十月も終りに近づいたころだった。浮羽《うわ》という忍びは、傀儡師《くぐつし》で、ふだんは女装しているが、立派な男だった。尼崎の範資に、自分を売りこんできたのである。使う気があるなら京の九条のある家に使者でもくれと言い残したのを、円心は自ら訪《おとな》って浮羽に会ったのだった。

傀儡女《くぐつめ》のなりをした浮羽と小川のほとりを歩きながら、円心は報告を聞いた。浮羽は、鎌倉へ行っていたのである。

「北条《ほうじょう》家では、内管領《ないかんれい》がさほどに力を持っているのか」

「執権の守時《もりとき》は、内管領の前では童同然でございましょう。しかし奥州《おうしゅう》の争乱が収束して、幕府はひと息ついたという恰好でございます」

浮羽は、女装の時は女の声を出す。仕草など、女より女らしい時もある。はじめに会った時は、ちょっと驚かされたものだ。

「外様《とざま》の大名といえば、足利《あしかが》でございましょうが、執権の守時とは縁戚に当たり、いますぐになにか、ということはございますまい。もうひとり、新田《にった》という大名は、信望もなく勢力もありませぬが、こちらの方には不満が溜っていると私は見ました」

「場と時を与えられぬ者は、いつも不満を抱くものよ」

「得宗家《とくそうけ》は、田楽三昧で、幕府が大きく揺れた時には、誰もまとめられぬということも考えられまする」

「それだけか？」

「なにかが動かぬことには、見えるものも見えませぬ。足利と新田の名だけ、お心に刻まれておかれればよろしいかと」

円心は小川の縁から、水の中を覗きこんだ。水は澄んでいて、砂地の底の水草がゆらめくのが見えた。跳べば跳べるほどの、川幅である。

「赤松村にいても見えることしか、報告せぬのう、浮羽」

「それは、赤松様がよく見ておられるということです。私が鎌倉で感じたことは多々ありますが、御報告するようなことではございませぬ」

「高い銭《ぜに》を取って、それだけか」

「あと二年のうち、と思われます。二年のうちに、なにかが動きます」

「儂も、そんなものだろうという気がする。銭を払って聞くことではない」

「なにをお訊きになりたいのです、赤松様は？」

「足利高氏《たかうじ》の人となりは？」

「よく一族をまとめ、外様にもかかわらず、幕府内で大きな力を持っております。茫洋《ぼうよう》として摑みどころがなく、時に峻烈で時に優柔不断。それでも、関東武士の信望は集めております。本性は、周到な男だと私は見ております。新田義貞《よしさだ》は、強靭ですが、どこかに脆《もろ》いものを持っています。源氏の二人が並び立って幕府に対抗すれば、これは脅威でございましょう。いまは、それは難しいと思わざるを得ませぬ」

それも、赤松村にいてわかる。浮羽はいくつぐらいなのか、と円心はふと考えた。男の姿に戻っている時に会っても、年齢は不詳だった。

「おまえはなぜ、尼崎の館に売りこみに来たのだ、浮羽？」

「雇って貰えそうだと思ったからでございます」

「誰に言われてきた？」

「無論、私の一存でございまする」

円心は、いきなり太刀を抜き、横に薙《な》いだ。気合をこめた一撃だったが、浮羽はむこう岸に跳んでいた。姿は傀儡女のままだ。

「赤松範資様は、尼崎で力を持ちはじめておられます」

何事もなかったように、浮羽は言った。

「特異な力の持ちようでございます。商人でもなければ、武士として力を持っているのでもない。さながら、楠木正成が力を持ちはじめたころに似ております。円心様のようなお父上をお持ちとは思いもせず、範資様に買っていただこうとしたのです。銭によって、われらは雇われます。範資様は、銭をお持ちのように思えました」

「楠木正成は、銭を持っておらぬのか？」

「楠木は、われらのような者を雇わずとも、一族の中に抱えております。傀儡女や田楽舞いの男女を。しかし私は、楠木一族の者たちより、役に立つ自信はあります」

「誰にも、雇われていない、と申すのだな？」

「私は、赤松円心様に雇われて、鎌倉へ参りました。これが一度きりの仕事で、次には足利高氏に雇われたとしても、円心様に雇われていたとは決して申しませぬ。われらは、そのような生き方をするのでございます。円心様に雇われながら、足利高氏にも雇われるということも、決してございませぬ」

「なるほどな。わかった」

円心はまた川べりを歩きはじめた。いつの間にか、浮羽はこちら側へ跳び戻って、何事もなかったように付いてきていた。

「関東の情勢についても、よくわかった。これから、なにかあれば儂のところへ来い。火がつくとしたら、関東ではあるまい。京あたりであろう。なにかを儂にもたらせば、その時々で銭を払おう。なにもなければ、たつきが立つまい。月々わずかだが、尼崎の館で銭が受け取れるようにもしておこう」

「私は、京を探ればよろしいのですね。そして、赤松円心様の配下に組み入れられた、と思ってもよろしいのでございますね？」

「郎党にしたわけではない。月々の銭をわずかと、仕事に対する銭を払うだけだ。無用になれば、あるいは余計なことを知りすぎれば、斬り捨てるかもしれぬ」

「承知いたしました」

「腕は立つのう、浮羽」

「私ほどの者は、楠木一族には何人もおりまする。時により、男であったり女であったりする。これが私の芸でありましょう」

「楠木一族か」

「いずれ、この国を動かしましょう。正成という、一族を率いる者が、非凡なのでございます。ただ、いい相をしてはおりませぬ」

「人相も観るのか、おまえは？」

「赤松様は、天下を動かす人相をしておられます。しかも天寿を全うされます」

「もうよい。楠木をあえて探ろうとはいたすな。全部の流れの中で、儂は楠木の動きを見ておきたい」

「私をお呼びになりたい時は」

「京の九条の家にいるがいい。赤松村の付近にいたところで、なにも探れはせぬ。どうしてもおまえが必要な時は、使者を出す。叡山へは、儂の使いとして、時々登って貰うかもしれぬ。則祐という三男が法親王に近侍しておる。小寺頼季という家人《けにん》もそこにおる」

「かしこまりました」

「もう去《い》ね。儂が新しい女子《おなご》をどこぞから連れてきた、と村人は見るであろう」

浮羽は頷き、艶冶《えんや》な笑みを浮かべた。

ひとりになっても、円心は小川のほとりを歩き続けた。田の収穫は終り、年貢米の徴収がはじまっている。貞範は美作に、上月景満は備前に、それぞれ百ほどの兵を率いて出かけていた。またどこかの穀物倉から、集められた年貢米を奪ってくるのである。

百姓から奪ってくるのではない。せいぜい、荘官の館や、代官の館から、すでに年貢として納められたものを奪うだけだ。それが、わずかだが円心の救いになっていた。

上月景満が戻ってきたのは、それから三日後だった。

景満は、備前中央部で、守護加地貞季の軍勢五百とぶつかり、十四人を死なせ、自身も肩に矢を受けていた。加地貞季は昨年の失敗を反省し、五百単位の軍勢を領内で細かく動かしていたらしい。

夜になって、景満はひとりで円心の居室を訪ってきた。

労《ねぎら》いの言葉をかけた円心に、景満は平伏して応えた。平伏したまま、じっと動こうとしない。

「死なせた者たちが、気にかかるのか？」

景満が気にしているとしたら、それだろう。首から吊った左腕が、いかにも痛々しかった。

「戦で死んだ。気にしても仕方があるまい」

「戦で死んだのなら、それがしも気持を動かしたりはいたしません。十四名は、穀物倉を襲った野伏りとして、死んで行きました」

景満が顔をあげた。何か言いたい時、この男はじっと眼を見つめてくる。十七歳の時から、それは変らなかった。円心の側にきてから、すでに十六、七年が経っているだろうか。

「野伏りではいかぬか、景満？」

「一族の者が生きるために、悪党となることは仕方がありません。しかしいまは、一族の者を生かすため以上のものを、奪っているという気がいたします」

「なんのためか、おまえにはわかっているのではないか？」

「それを、お館の口から聞きとうござる。死んだ十四名は、農夫の中から徴発し、それがしが山で鍛えた兵でした。死なせるような戦をしたそれがしの責めは、重々承知しております」

「よくぞ、十四名で済んだ、と儂は思っておる」

「それがしはこれからも、ああいう戦のために、農夫を徴発し、山野で鍛えるのでございますか？」

「違う」

「死んだ者のために、訊いているのではございません。おのがために訊いていることを、それがしは恥じております」

「それでも、あえて訊くか？」

「思った以上、肚《はら》には収めきれません。特にお館に対しては、そうでございます」

景満は、戦では誰よりも役に立つ。それだけに、愚直なところもある。頭の回る光義とは、違う扱い方をした方がよかった。

円心は、大きな息をひとつついた。誤魔化しを、たやすく受け入れる男ではない。

「なにかが起きる。遠くない時にな。機を見て、儂は兵を挙げる」

「討幕の兵でございますな」

「ただ討幕のために、兵を挙げるのではない。この歳になって、儂は人に語れぬような夢を持った。おまえにだけは、語っておこう」

景満の眼が光った。

「おのが手で、天下を決したい。そのための力を、いま蓄えなければならぬ。できるかぎり大きな力をな。天下を取れるとは思っておらぬ。そのために無理もしたくない。ただ、天下を決する戦をしたい。この赤松円心が、天下を決したい」

「それは」

「悪党として生きてきた。悪党として死ぬべきなのかもしれぬ。だから、夢だと言った。世の乱れが、夢をまことにするかもしれぬ。いまは、そう思っている」

「それがしには、大きすぎて見えてくるものがありません」

「討幕の道具に使われたくはない。それだけのことだ。悪党としての意地を通し、この手で天下を決したい。幕府を倒した時、どのような政事が行われるのかは、わからぬ。ただ儂は、新しいものができる、その時を決したいのだ」

「討幕のための力を養う、とそれがしは思うことにいたします」

「それでよい、景満。儂にも、よくわかってはおらぬ。大それた夢を抱いているのかもしれぬのだ」

「それがしは、お館の口から討幕という言葉を聞けば、それでよろしいのです。討幕のためと思えば、穀物倉を襲うのも、荷駄を襲うのもいといはいたしません」

「おまえにだけ、語ったことだ。忘れろとは言わぬが、胸に秘めておけ」

「承知いたしました」

景満が、口もとだけで笑った。

光義ならば、いつどこに呼応して兵を挙げるか、と訊いただろう。つまり、やり方を訊いてくる。景満は、肚の据え方を訊いてくるだけだ。それだけに誤魔化しが通じない男であった。

「それはそうと、船坂峠をよく越えられたものよの」

「三石城を、以前より強固に築きあげ、伊東一族が固めております。もう一戦と覚悟をいたしましたが、船坂峠の兵は、われらが到着する寸前に退きました」

「面妖《めんよう》な。二、三百の軍勢ではあったであろうに」

「伊東惟群が率いる軍勢で、巴殿によろしくという声をかけられました」

「あの男か」

左巻の巴は円心の旗で、そこから巴と名乗ったのが円心だと知ったのかもしれない。

「伊東惟群は、なかなかの戦上手ゆえに、船坂峠の一戦を避けられたのは、僥倖《ぎょうこう》でございました」

備前でも、加地貞季の締めつけが効かなくなっていた。こうやって、各地が腐りつつあるのだ。幕府がいくら守護の尻を叩いたところで、もはや叛乱を抑えることはできはしまい。それがわかった時、幕府は関東の軍勢を送ってくる。それを誘い出すのを、誰がやろうとするのか。

景満が退出すると、円心はしばらくひとりで考えこんでいた。

それから、時子《ときこ》を呼んだ。ほかに波留《はる》と知佐《ちさ》の二人の女を館に置いている。女の数は、三人から増えたことも減ったこともなかった。

「酒だ」

円心は低く時子に命じた。三人の女は、公平に扱っている。五十を過ぎても、情欲の衰えは感じなかった。ただ、女に心を動かされはしなくなった。

「ひとりで飲む。寝所で待て」

運ばれてきた酒に手をのばし、円心は言った。

霧の彼方にあって見えなかったものが、おぼろに見えかけている。誰よりも早く、それを見たいという思いと、もうしばらく踏み止まろうという思いが、円心の気持の中で交錯し、せめぎ合っていた。

力は、充分に蓄えた。しかし、播磨のただの悪党でもある。力以外のもの、力を大義に変えるものが、いまは必要なのだった。そしてそれは、じっと待つほかにすべはないのだ。

5

河内《かわち》から和泉《いずみ》へ入ったのは、昨夜だった。

それほど急いでもいなかったのが、いま、頼季は走り続けなければならなかった。すでに、二里近く駈け通している。

街道で六波羅の軍勢に呼び止められ、二人を斬って逃げたのである。五十ほどの軍勢で、なにかの先触れと思えたが、それもはっきりわからないままだった。

執拗に追ってきている。

五人までなら、相手にしてもよかった。追ってくるのは、二十名を超えている。誰かに間違えられたのだ、ということは駈けはじめてから気づいた。すでに二人斬ってしまっているので、弁解は通じないだろう。

息が乱れていた。懸命に駈けなければ、振りきれないほど激しい追跡だった。とうに街道からははずれ、小さな丘の続く台地だった。

森の中に飛びこみ、頼季はしばらく乱れた呼吸を整えた。六波羅の軍勢がどこから来たのか考えたが、それもわからなかった。和泉に六波羅の軍勢がいるというのは、よほどのことに違いない。

どこなのかは、ほぼ見当がついていた。西へむかって、駈け続けたのだ。あと一里ほどで、岸和田《きしわだ》に着くはずだ。そこまで行き着ければ、追手も諦めるだろう。

法親王から、楠木正成への書状を託されていた。河内の館を訪ったが、正成が岸和田にいるということがわかっただけだった。正成は、河内だけでなく、和泉や摂津《せっつ》も飛び回っている。

荒れた呼吸が収まったころ、森の外に人声が聞えた。

じっとしたまま、頼季は気配を窺《うかが》った。追手のようだ。それも、人数は倍以上に増えていた。森の中に、その一部が踏みこんできた。

頼季は、森を飛び出し、丘を駈けあがった。一度は収まった息が、また荒れはじめている。構ってはいられなかった。小川を跳び、畠をよぎり、丘を駈け降りた。そこに、十名ほどの兵がいた。頼季も驚いたが、兵たちも驚いたようだ。

ひとりを斬り倒し、怯《ひる》んだところで、背をむけて逃げた。二人が追いすがってくる。躰のむきを変え、ひとりを斬った。もうひとりの太刀は、かろうじて受けた。そのまま押し倒す。太刀を突き立てる暇はなかった。四人が、間近に迫っている。

走った。どこかに手傷を受けたらしく、袖が赤く染まっていた。

なにが起きているのだ、ともう一度頼季は考えた。どこから見ても、山伏にすぎないはずだ。いままで、山伏姿で歩いて、京においてでさえ、咎《とが》められたことはなかった。それが、いきなり捕縛しようとしてきたのだ。

叡山と六波羅が対立し、戦がはじまった、とも考えにくかった。戦なら、軍勢がこんなところにいるはずもない。

また、二人が追いすがってきた。身を伏せてひとりをやり過し、少し遅れていたもうひとりを斬った。慌てて駈け戻ってきた兵の脚を、斬り飛ばす。

「誰を、追っている？」

倒れた兵ののどに太刀を突きつけ、頼季は言った。兵は、恐怖で眼を見開いているだけだ。

「言え。誰を追っているのだ？」

兵の口が動きかけた。背後で、人の叫ぶ声が聞えた。兵ののどに太刀を突き刺し、頼季はまた駈けた。

村が見えた。頼季が駈けこんでいくと、村人たちは物蔭に身を隠した。追手は、また十人ほどに増えている。和泉一帯が、六波羅の兵でいっぱいになっている、とさえ頼季には思えた。

村から村へ、小径《こみち》を駈けた。いくらか大きな村になった。前方で、手招きをしている男がひとりいた。商人態の老人である。

そちらへ駈けると、老人はものも言わず一方を指さした。百姓姿の男がいて、やはりなにも言わず、頼季を導いた。

村を出て森へ駈けこみ、ひとしきり駈けた。森を出たところは別の村で、そこからはまた別の男に導かれた。男は、駈けようとしなかった。頼季は、ようやく棒に仕込んだ太刀を、鞘に収めた。

「儂は、岸和田へ行かねばならんのだが」

男はなにも答えなかった。

「よい、方角は違っておらぬようだ」

男は頼季を導いて、黙々と歩いていく。付いていくしかなかった。

人家が増えてきた。人の往来もある。岸和田に入ったようだ、と頼季は思った。

女。遊女に見えた。ほほえみ、男から頼季を引き取る恰好で歩きはじめた。やはり、女もなにも言わない。人の往来は多くなり、片袖を血に染めた頼季の山伏姿は、いやでも目立った。

家に入ったが、通り抜けただけだった。次の屋敷に入り、そこも通り抜けた。壁と壁の間を、しばらく歩いた。それから、また一軒家を通り抜け、小さな屋敷の中庭に出た。

五人ばかりの男が立っていた。

頼季に近づいてきたひとりが、いきなり木剣を叩きつけてきた。かなり力のある打ちこみだったが、頼季は横へ跳んでかわし、その時は棒に仕込んだ太刀を抜いて、男に突きつけていた。

「おう、今度はできるぞ」

男たちの中から、声があがった。

「儂を、誰だと思っている？」

さらに太刀を近づけると、男は木剣を捨てた。どこにでもいる、商人姿になった。だが、あの打ちこみが商人のものだとは思えない。

「なにがあって、誰を追っているのだ？」

「山伏を」

「山伏全部をか？」

「岸和田にやってくる、山伏を捕えている。木剣で打ち据えて、放り出してやるのよ」

「なにゆえ？」

「それは、そっちの方がよく知っていよう」

「わからんな。儂は、岸和田に人に会うためにやってきた。なぜか、六波羅の兵に追われた。おまえたちの仲間らしい人間に助けられ、ここまで連れてこられた。おまえたちは、六波羅の兵ではない。なのに、なぜ儂を打ち据えようとする？」

「六波羅の兵を、斬ったのか？」

「何人かは」

男たちが色めきたった。動かないのは、太刀を突きつけている男だけだ。

しばらくすると、別の三人がやってきた。

「太刀を収めろ、おい。六波羅の兵をその太刀で斬ったというのは、ほんとうらしいな。まだ血で濡《ぬ》れておるわ」

大柄な男だった。ほかの男たちは、その男の背後に控えるという恰好になった。

「太刀を収めろ、と言っておろうが」

「断る。いきなり木剣を打ちこまれて、言うことが聞けると思うか」

「お主《ぬし》と話がしたい。どうも、いままでの山伏とは違うようだ。儂は、楠木正季《まさすえ》という。

本気で立ち合えば、お主とはいい勝負ができるぞ」

「楠木、と言ったな。儂は、楠木正成殿への、叡山からの使者だ。正成殿に会えるなら、太刀を収めてもよい」

「誰か、兄者《あにじゃ》を呼んでこい」

頼季は、太刀を収めた。いつでも抜けるように、柄《つか》に手はかけたままだ。木剣で打ちかかってきた男は、額に汗を浮かべて大きく息をついている。

顔半分が髭、という男が現われた。楠木正成であると、頼季にはすぐにわかった。会ったことはない。どういう風貌か、想像もしていなかった。それでも、正成であるとはっきりわかった。

「叡山からの使者だとな」

のんびりした声だった。

「それがしは、小寺頼季と申す。楠木正成殿ですな？」

「叡山から使者を迎えるほど、偉くはないがのう。楠木正成であることは間違いない」

頼季は、懐中から法親王の書状を出した。

受け取り、正成はちょっと首を動かした。中庭にいた男たちが、消えていった。残ったのは、正季だけだ。

書状を読み、正成はそれを巻き直すと、無造作に懐中に突っこんだ。

「正季、小寺殿の傷の手当てを。それにしても、災難でしたな。日野俊基《としもと》殿が、和泉に入られたという噂が流れた。六波羅は、日野殿を捕えなければならぬ理由があったのであろう。一千という兵を送ってきた。日野殿は、身代りを何人もお持ちじゃ。それが一様に山伏姿ときている。それで、山伏はみな捕えられている」

「なるほど、日野様が」

正季が、縁に晒《さらし》の布を持ってきた。湯も一緒に運ばれてきたようだ。

「日野殿は、和泉にはおられぬ。まだ関東でしてな」

「しかしそれでは」

「噂を流し、山伏を送りこみ、六波羅の兵を誘い出した者がいる。儂が岸和田にいることを知って、そうしたのだ」

「理由がありませぬな」

「この楠木正成と六波羅を、ぶつからせようというのは、理由になりませんか。六波羅と対立すれば、もう一方につかねばならなくなる。街道で、のんびりと商いもしておれぬ」

楠木正成と六波羅をぶつからせる。考えてみれば、楠木一族を反幕に踏み切らせる、いい方法だった。ただ、なにか暗さを感じさせる方法ではある。

「いま、六波羅と事を構える気はない。それで山伏をこの館に導き入れては、打ち据えて放り出しておりましたのじゃ。小寺殿には、申しわけないことをいたした」

「日野様が？」

「このようなことは、なされまい。叡山もなされまい。殿上人の中に、こんなものが策だと考えるお人がおられるのであろう」

正成が笑い、髭の中に白い歯が見えた。頼季は、その笑みに思わず引きこまれそうになるのを感じた。まるで溢者だが、眼は澄んでいた。風格もある。

正季が、頼季の腕の傷の手当てをした。太刀で掠《かす》られているが、深い傷ではなかった。

商人態の老人が縁を歩いてきて、湯を飲んでいる正成になにか耳打ちをした。

「楠木殿のお答をいただきたい、と思っておりますが」

書状に対する答よりも、正成という男をよく見てくるように、法親王には言われていた。

「座主様にお目にかかれるほど、この正成は偉い人間ではござらん。まして赤松円心殿のように、戦の講釈などは」

頼季は、肺腑を衝《つ》かれて息を止めた。

「小寺殿は、もともとは赤松殿の家人であられますな」

「十六歳の時より、叡山で修学を積んでおりますが」

「赤松殿は、御子息も叡山に入れられた」

「それも、修学のためでござる」

「叡山で、どのような修学ができるのであろうか」

「いまは叡山に身を寄せておりますが、赤松円心は、もともとはわが主。楠木殿は、赤松円心をお嫌いなのでしょうか？」

「まさか。一度だけ、お目にかかった。二年前のことであったかな。この正季など、命を助けて戴いた。嫌うなど、もってのほか」

「赤松円心が叡山に出向いたのは、それがしの手引でござる。なんとしても、法親王に拝謁させたかったのです。もし戦が起きるようなことになれば、円心の一子則祐は赤松村へ戻り、それがしは法親王に従う、という許しも円心から得ております。それがしは、すべてを、法親王に賭け申した。それほどのお方と、心底より信じております」

喋りながら、正成はなぜこういうことまで知っているのかと、頼季は考えていた。日野俊基が、関東にいることも知っていた。それゆえに、策に嵌《は》めようという動きも、阻止できた。

円心が叡山に登ったことを知っているのは、法親王のほかには、自分と中山光義と則祐だけである。法親王が、側近に喋ったとしか考えられない。ならば、法親王の側近に、楠木正成の息のかかった人間がいるのか。

自分のことすら、正成は知っていた。

「叡山に、登られる気はありませんか？」

「この楠木正成は、それほどの人間になっておりません」

帝に召し出されれば、応じるかもしれない、と頼季は思った。童のように、意地を張っているのかもしれない。

「赤松円心殿とは、もう一度お目にかかりたいものだ。その時は、弟の首をどうするというようなことではなく、一献傾けたい。この正成は、河内の悪党じゃ。赤松殿はまた、儂とはやり方が違うが、播磨の悪党であろう。この二年ばかり、赤松殿のことが気になっていた。悪党がなにをなし、なにをなしてはならぬかを、よく心得られた御仁だと思う」

「ならば、赤松円心にお会いになりますか？」

「いずれ、そういう日が来るような気がしています」

頼季を見つめ、正成が笑った。好きになった。法親王の時と同じだった。会ってすぐその人を好きになることが稀《まれ》にあるが、後悔したことはなかった。

「赤松円心には、本日楠木殿が言われたことを、そのまま伝えようと思います」

「尼崎の御子息も、いい働きをなされております。この正季が、かなり儲けさせていただいてもおる」

尼崎で、米やほかの荷を動かす。街道に力を持つ楠木一族とは、知らぬ間に何度も接触しているのかもしれない。

「それにしても、小寺殿はよく剣を使われますな」

「叡山では、法親王以下、みな修練を積んでおります」

「二、三日、ゆるりとされるがよい。よろしければ、若い者どもに剣を教えてやっていただきたい」

「それがしに、できますことならば」

滞留を勧める、正成の意図はわからなかった。わからないまま、頼季は自分が喜んでいることに気づいた。

第三章　妖霊星《よれぼし》

1

備前《びぜん》で追い立てられた三百ほどの野伏《のぶせ》りが、山伏《やまぶし》峠を越えて、佐用《さよう》郡に逃げこんできた。追っているのは、備前守護の軍勢らしいが、わずか百騎ほどだという。国境を越え、佐用郡の中まで追ってきている。

正月三日だった。円心《えんしん》の館で正月を祝ったのは、元旦だけである。範資《のりすけ》は尼崎《あまがさき》で、貞範《さだのり》は船越《ふなこし》山の城で、則祐《そくゆう》は叡山《えいざん》で、それぞれ正月を迎えた。

「野伏りは、こちらへ逃げております」

光義《みつよし》は、野伏りを討つべきだと考えているようだった。円心は、備前の軍勢がなぜ山伏峠を越えてきたのか、考えていた。六波羅《ろくはら》の軍勢が、悪党討伐に出てくることはしばしばある。その時は守護の軍勢も加わるが、あくまで六波羅軍の下に付く。それが守護の軍勢だけで、国境を越えたのだ。

「景満《かげみつ》を呼べ」

山中に百ほどの軍勢を連れていくために、景満は準備をしているはずである。

備前守護の軍勢が播磨《はりま》に入ったというなら、六波羅の許しは得ているのかもしれない。その軍勢にどう対処するかは、難しいところだった。

景満が、入ってきた。

「騎馬は、どれほど揃えられる？」

「いますぐならば、およそ三十騎でございますな。厩《うまや》にいるものも含めてです」

「徒《かち》は、百だな？」

「ほかに百ほど、貞範様が光範《みつのり》様の軍勢を連れて、こちらへむかわれているはず」

光範は、わずか十一歳で、佐用庄の館から正月を過すために呼び寄せていた。父の範資は、この二年、尼崎に居続けだからである。

「貞範の騎馬は？」

「およそ、十騎ほどでございましょう」

「光義、貞範に急ぐように伝えよ。戦備《いくさぞな》えも怠るなと」

景満の軍勢と貞範の軍勢が、山中で遭遇戦をやる。それに光範も伴われるはずだった。正月の訓練は、このところ毎年、二手に分けて戦をするというかたちをとっている。光範が伴われるのは、今年がはじめてだ。

「光範様は、いかがいたしますか？」

「光範は留守居じゃ。すべての兵を連れていくので、館に人がいなくなる」

「ならば、いっそ光範様を伴われてはいかがでしょうか」

騎馬が四十。徒《た》が二百足らず。光範は、一応馬はこなす。

「光範の初陣《ういじん》にしては、いささか急だが、それもまたよいか。光範には具足を着けさせ、光義をそばにいさせよう」

館の中が、あわただしくなった。

やがて、具足を着けた光範が連れてこられた。

「父の代りに、おまえが出陣する。よいな、光範。山の中へ行って、稽古をするのではない。まことの戦になるかもしれぬ。その時は、血が飛ぼう。人も死のう。おまえが、太刀を執って闘うことはない。しかし、戦がどういうものか、よく見ておけ。肚《はら》を据えるのだ」

光範の、幼い顔が頷《うなず》いた。

出陣の準備は、すぐに整った。

円心は、具足も着けず、頭巾だけで馬に乗った。館の外には、すでに三十騎が揃っていた。弓を携えた徒も、並んで立っている。

野伏りは、百騎とやり合いながら、佐用郡の奥深くへ退いているという。百騎が、備前へ引き揚げる気配はなかった。

「景満、貞範の軍勢と合流したら、騎馬はひとつに集め、徒は三段に構えよ」

それだけ言い、円心は馬腹を蹴った。光範は果敢に付いてきている。

一里も駈けぬうちに、貞範の軍勢と出会った。

隊列の組み直しを指図する景満の声が、原野に響き渡った。声にこめた気迫だけで、これが訓練ではなく実戦であることを、景満は兵にわからせていた。兵の動きは機敏である。

三段の陣形は、すぐにできあがった。

「父上。野伏りを討つには、少々大袈裟《おおげさ》でございますぞ」

四十騎。徒二百。かなりの軍勢である。武装も整っていた。

「野伏りは、散らせばよい」

「では、備前勢百騎を？」

「時をかけて、追う」

「時をかけて、でございますか？」

「佐用郡の溢者《あぶれもの》たちは、見ておろう。時をかければ、西播磨の悪党、溢者は、みなこの円心の戦を見守ることになる」

景満と貞範と光義を集め、円心はいくつか下知《げじ》を出した。備前から逃げてきた野伏りは、ただ散らすだけ。場合によっては、山伏峠と船坂峠《ふなさか》を、その野伏りたちに固めさせ、備前勢のこれ以上の侵入を防ぐ。

「野伏りを、使うと言われますか？」

貞範が、ちょっと驚いた表情をした。

「お館《やかた》は、われらが悪党であると、六波羅に知れてもよいと、肚を括《くく》られましたか？」

「光義、儂《わし》が討つのは、備前勢の百騎ぞ。それを打ち払って、六波羅がなぜ儂を悪党と言う。六波羅に、眼はつけられよう。しかし儂を討つ軍勢は出せはせぬ。西播磨に赤松《あかまつ》円心ありと、備前、播磨の悪党にも知らしめることができる」

「それゆえ、時をかけてでございますな」

貞範が、膝を打ちながら言った。

「明日《あす》の朝までに、あと二百近くの兵を集めることができます。それをどうするかは、お館の下知をいただきたい」

「集めよ、景満。本隊に合流させるのは、百だけで、残りは赤松村のわが館を固めさせよ」

景満が、一礼して伝令を二騎飛ばした。

「光範には、よい初陣となった」

小さな躰《からだ》に闘志を滾《たぎ》らせている光範を見て、円心は笑った。

百騎といえど、ぶつかり合えばどうなるかわからない。備前からの助勢は頭に入れておいた方がいいし、西播磨の代官の何人かは、敵に回るかもしれないのだ。

それでも、名乗りをあげるには、またとない機だ。六波羅は、悪党鎮圧のために兵を出すより、もっと重要なことを抱えているに違いない。だから、備前守護の加地貞季《かじさだすえ》にすべてを任せてしまっている。その加地貞季が、無断で野伏りを追って播磨に入るという間違いを犯した。

国境を自由に越えるのは悪党のやり方で、守護やその家人《けにん》には許されることではない。禁じられていることを堂々となすから、悪党なのだ。加地貞季は、悪党の動きにつられたというところだろう。

散らしていた物見から、注進が入りはじめた。野伏りは、散らずにまとまったまま、さらに退き続けている。追撃の百騎が、手を緩める気配はなかった。

「景満、野伏りは山伏峠と船坂峠に半数ずつ回し、備前からの新手《あらて》への備えとするのだ。そう説け。ここまで散らずにまとまっているなら、それはできよう」

低く、円心は乗馬を命じた。

「貞範、巴《ともえ》の旗を揚げておけ」

西播磨の、赤松勢だという印である。

旗を掲げた貞範が、先頭を駈けた。徒はよく付いてくる。一里を、またたく間に駈け抜けた。戦場が見えた。野伏りは、小さな岩山に拠《よ》り、盛んに礫《つぶて》を投げている。それに対する備前勢は、馬で波のように攻め寄せては、矢を放っていた。馬を捨てれば、少勢になってしまう。それを警戒しているのだろう。

「よし、岩山と備前勢の間に入る。三段の徒は、一段だけ岩山にむけ、残りは備前勢に備えよ。騎馬は中央」

下知を出すなり、円心は駈けた。

はじまった。待っていたなにかが、ようやくはじまった。自らに禁じていたものを、ここで越えるのである。

それでも、円心は逸《はや》り立ってはいなかった。岩山の野伏りが茫然とし、騎馬隊が気を呑まれたように立ち尽すのを、冷静に見てとっていた。

陣形は、円心自身でも舌を巻くほど、速やかに作られていった。景満の訓練が生きている。ようやく、騎馬隊に動きが出た。威圧するように、横に拡がりはじめる。

「巴の旗は、どこの者か？」

騎馬隊の中から、音声《おんじょう》が聞えた。中央の、鎧兜《よろいかぶと》の武士である。

「問う前に、名乗れ」

貞範が、大音声で言い返した。景満は、岩山に拠った野伏りの頭目と、話をしているはずだ。散った恰好になれば、それでいい。あとでまとまって、山伏峠と船坂峠を固めてくれれば、もっといい。

「われらは、備前守護、加地貞季の」

「待て」

貞範が遮《さえぎ》った。馬を少し進めた。貞範が掲げた巴の旗が、枯草の中で音をたててはためいていた。風は強い。草も大きく靡《なび》き、波の音を思わせる不吉な音をたてている。

「備前の軍勢と言うか。ここは播磨ぞ。一騎、二騎ならいざ知らず、百騎を超える軍勢が播磨に入ったとあらば、見過し難い。野盗同士の争いを、播磨に持ちこまれては迷惑」

「野盗だと」

貞範の挑発に、騎馬隊の大将は乗ってきた。

「おまえらの後ろの岩山にいるのが、野盗ではないか」

「むこうも、そう言っている。ゆえに、野盗同士の争いと見た。野盗の名などは、聞きたくもない。去《い》ね。それとも、犬のように追ってやろうか」

「揉《も》み潰《つぶ》してくれるぞ。首を刎《は》ねられてから、後悔するな」

ここまで、戦をしてきた軍勢である。止めようという方が無理なのだ。全軍が殺気立っている。

「もう一度言う。速やかに播磨を去ね」

火に油を注ぐようなものだった。大将の太刀が大きく振られると、敵は一斉に動きはじめた。百騎が一線で突っこんでくるさまは、さすがに威圧的だった。

「弓」

低く、円心は命じた。徒が、前に出てきた。引きつける。敵の顔が、はっきり見えるようになった。中には、血を浴びている者もいる。

「放て」

命じてから、円心はすぐに四十騎を搦手《からめて》に回した。二百の兵が射る矢は、またたく間に十騎ほどを倒した。二の矢、三の矢が放たれている。騎馬隊の前進が鈍くなった。それでも突っこんでこようとする二騎が、針鼠のようになった。

「行け」

円心は言った。貞範を先頭にした騎馬隊が喊声《かんせい》をあげて突っこんでいく。搦手を攻められた敵は、呆気なく崩れた。敗走する七十騎ほどの、さらにその搦手に貞範はうまく騎馬隊を回していた。備前への退路を断つ恰好である。

そこで、陣を立て直した。景満が指揮する二百の徒は、あくまで整然と動いていた。

七十騎が、反転してきた。このままでは、播磨の奥深くへ入ってしまう、と気づいたのだろう。

円心は、三段の徒の背後に騎馬隊を回した。徒は、弓に矢をつがえている。まともにぶつかり合うには、危険な相手だった。負けはしないが、騎馬の圧力はかなりのもので、こちらも犠牲を出すことになる。

睨《にら》み合いになった。第一段の徒は、楯の蔭でじっとしている。第二段と第三段を、少し後ろに退《さ》げた。それに伴って、騎馬隊は搦手に移した。

陽《ひ》が落ちてきた。敵は動けずにいる。円心が動くのを、待っていることは明らかだった。

距離が近い。近すぎる、と相手は感じているだろう。闇になろうと、迂闊《うかつ》には動けないはずだ。闇はさらに、距離を近く感じさせる。馬の鼻息さえも、聞えそうだった。

「景満、この膠着をどう見る？」

「こちらが押してからの、膠着です。地の利も、明らかにこちらでしょう。動く気配を見せれば、それに応じればいいと思います。まあ、動かぬとは思いますが」

「明朝合流してくる百名を、夜のうちに呼び寄せられないか？」

「それは、できます。その百を、背後に回しますか？」

「明るくなっても、まったく同じ状態が続いているよりはよかろう」

「わかりました」

景満が誰かを呼び、小声でなにか命じていた。その姿さえも、見てとれぬ闇になりつつあった。

円心は、後方に焚火を二つ作らせた。相手は、まだ馬に乗ったままなのか。第一段の徒がいる場所からは、充分に矢が届く。焚火もままならないだろう。

月が出て、いくらか明るくなった。敵は、同じ陣形でじっとしている。動けば、矢の雨が降ると思っているに違いない。闇の中を動くには、地形を知らなすぎる。

「夜明け前だな。そこで動こうとするだろう」

「そう思います」

答えたのは、貞範だった。

円心は、後方の二段にも楯を出させた。楯だけ地面に立て、第二段と第三段の兵は、左右に分れさせた。

「突っこんできたら、第一段は道をあけてやれ。第二段と第三段が、挟《はさ》みこんで矢を射かける。混乱したところに、騎馬隊が攻めこむ。そういうことにしておこう」

戦である。下知を出すのは、実際になにかが起きた時で、いまは一応の動きを話し合っているだけだ。それは、貞範にもよくわかっているだろう。

「冷えますな、父上」

「夜明け前は、もっと寒くなる。光範は、どうしているかな」

「焚火のそばにお連れしましたが、もう眠っておられます」

光義が、小声で言った。

「夜半には、叩き起こせ。じっと眠らずに敵に備えている兵の姿を、よく見せてやれ」

眠ったのが、いいことか悪いことか、円心にはよくわからなかった。豪胆とも言えるし、臆病さが疲れさせたとも思える。自分から逃げるためにも、人間は眠ったりするのだ。

2

夜が明けた。

敵は動こうとしなかった。馬乗のままである。矢を射かければ、即座に突っこんでくるだろう。それで犠牲を出すのは、避けたかった。しかし、このままでは、まだ膠着が続く。こちらの陣形を、読んでいるようだ。

「景満、敵の背後に百名は到着しているのか？」

「多分、明るくなる前に。こちらから鯨波《とき》をあげれば、むこうも呼応する。そういうことになっております」

「よし、やってみろ」

景満が声を出した。それに合わせたように、第一段の兵が鯨波をあげた。敵の後方から、谺《こだま》のように鯨波が返ってきた。敵には、明らかな動揺が走った。しかし、動こうとしない。動こうとするのを、抑えている者がいる。鎧兜の武士ではなかった。胴丸だけを着け、背中に太刀を背負った男だ。夜の間に、大将が替っていた。

「あれは、伊東惟群《いとうこれむれ》でございますぞ、お館」

景満が言った。顔に傷がある。円心が、以前に斬りあげた傷だろう。

「よく耐えているな」

「後ろから、矢を射かけさせますか？」

「いや。ここで算を乱して逃げられたら、ひと晩の寒い思いが無駄になる。騎馬隊で、揺手から突っかけよう」

それが、味方にも敵にも、もっとも犠牲が少ない方法だった。もう少し、播磨で暴れさせるためには、一気に勝ちを摑《つか》む方法は避けたかった。

騎馬隊が動きはじめる。敵の搦手に突っこんでは、退くことを三度くり返した。徒を少しずつ前進させはじめると、敵はようやく動きはじめた。騎馬隊にぶつかってきた。悪くない。騎馬同士の乱戦になれば、こちらの弓は役に立たなくなる。しかし、景満は乱戦を避け、巧みに敵をかわした。

一度走りはじめた敵は、もう止まることができないようだった。船坂峠の方へむかおうとするが、それをまた景満が巧みに遮った。

反転して突っこんでくる敵に、矢の雨を浴びせた。七十騎が、五十騎ほどに減っている。それでようやく矢の届くところから逃れた敵は、草原を一直線に駈けはじめた。景満と貞範が率いる騎馬隊が、それを追う。

敵が、ひとり、二人と射落とされていく。駈ければ駈けるだけ、播磨の奥へ入ってしまうことに、苛立っているのだろう。時々反転の構えを見せるが、それは徒が遮り続けた。

半日ほど、追い回した。すでに四十騎に減っている。どこからともなく、溢者たちが集まりはじめていた。

「光義、あの者どもを戦列には加えるな」

いつもなら、溢者が加わってくることまで計算に入れて、兵を動かす。敵の矢面に立たせれば、円心の兵の犠牲はそれだけ少なくて済む。しかしこの戦だけは、自分の手勢で闘わなければならない。

三十騎ほどが、佐用郡の郡代の館に駈けこんだ。郡代の館は、門を閉じて円心の突入を避けた。

郡代の兵は、およそ四百というところである。半日追い回したので、館の周囲も見物人でいっぱいだった。溢者が円心の軍に加わることは、何名かを連れた光義が阻《はば》んでいる。

円心は、それ以上攻めかかることはせず、門前に三段に兵を構えた。

門は開かず、しばらくして柵の上から郡代の家人が姿を現わした。

「赤松円心、六波羅軍に討たれることになるぞ」

「どういうことでござる？」

こういう時は、貞範が一番話はうまかった。声も大きい。

「われらが獲物を、郡代殿が横盗りされるのか。昨日《きのう》より、われらは一族の軍をあげて、播磨に入った野伏りと闘っていたのだ。残党を門内に入れるとは、郡代殿のなされようとも思えぬ。事と次第によっては、力ずくで逃げこんだ者どもを捕えますぞ」

「六波羅軍が、おまえたちを討つぞ」

貞範は、弓を引きしぼって、鏑矢《かぶらや》を放った。空で唸《うな》りが起き、同じ言葉をくり返していた家人は、慌ててひっこんだ。

しばらくして、門が開いた。門内では、郡代の兵がしっかりと陣を組んでいる。

「逃げこんできたのは、野伏りではない。野伏りを追ってきた、備前守護の軍勢である」

郡代だった。ついひと月ほど前、円心の館を訪れ、牛車三台に賂《まいない》を積み、平然と帰っていった男である。六波羅の威光に頼ろうとしているが、声には明らかな怯《おび》えがあった。

「郡代殿は、佐用郡で備前の兵が暴れるのを、黙って見過される気か。野伏りとして討ち果すのが当然ではないのか」

「二百の野伏りがいたはずだ。討ち果すならそれを先にせよ」

「どこに二百の野伏りがいる。とうの昔に追い散らしたわ。そこへ逃げこんだ者どもには、速やかに備前に戻れと、何度も警告をした。それなのに、われらに襲いかかってきた。これを野伏りと言わずして、なんと言う」

悪党、野伏りの討伐は、その国の守護や郡代に任されていた。それだけでは討伐が難しい時に、はじめて六波羅の援兵が要請される。その六波羅の兵でさえ、国境を越える前は、あらかじめ知らせてくるのだ。

「播磨は、六波羅殿の直轄領。そこで他国の軍勢が跳梁《ちようりよう》することを、郡代殿は黙視されるというのだな」

郡代が、言葉に詰まった。円心は、馬上で冷やかにやり取りを聞いていた。

「六波羅殿に、これをなんと言われるつもりだ。叛乱ではないか、これは」

「違う」

郡代の声が、かすれたようになった。

「逃げこんできた者らは、こちらでどう扱うか決める。それなりの罰を与えよう」

「理不尽な。われらと戦をしていた相手だ。われらに引き渡されるのが筋であろう。いやと言われるなら、叛乱は郡代殿の軍勢と、六波羅に注進いたしますぞ。いや、六波羅の威光は借りまい。この場で、野伏りともども、郡代殿も討ち果そう」

「待て。待つのだ」

「待てぬ。赤松党が一族をあげて他国の軍勢を討とうとしているのに、郡代殿はそれを討つなと言われるのだな」

「赤松の、働きはわかった」

「どう、わかった？」

「国境を侵した備前の兵と、よく闘ってくれた。郡代として、いずれ恩賞を与えよう。六波羅にも、そう報告する」

「信用できぬ。さきほどは、六波羅の軍で討つと言われた。どういうおつもりか。われらに退けと言われるなら、郡代殿自身の手になる、軍忠状《ぐんちゅうじょう》をいただこう」

「いずれ」

「待てぬ。軍忠状か、もしくはわれらが手柄の証《あか》しである、備前の兵を引き渡されよ。考える時も差しあげられぬ。赤松一族の面目にかけて、ここは断固として闘いますぞ」

「軍忠状を、与えよう」

円心は、ほっと息を吐いた。時をかけ、郡代の館に敵を追いこんだ甲斐《かい》があったのだ。郡代は、この顚末《てんまつ》を六波羅に報告はできないだろう。見物人の中に、六波羅の手の者が混じっていたとしても、円心に不利な報告ができるわけがない。そして、郡代を力で捻《ね》じ伏せたことは、西播磨で起きた大きな事件にもなる。

赤松円心の名は、播磨一帯に拡がるだろう。いま円心が欲しいのは、それだった。

備前守護と郡代の間には、悪党討伐についての黙約があったのかもしれない。しかしそれは、六波羅に言いたてることができないものだ。守護が、他国にまで勝手に兵を出すようになれば、六波羅の、幕府の支配は崩れていく。

軍忠状を受け取ると、円心は速やかに引揚げを命じた。

死者は、二人出ただけである。傷を負った者は何人もいたが、深いものはなかった。

「光範、よくやったぞ」

館へ戻ると、円心は家人たちの前で言った。泣きもせず、寒さにもよく耐えた。父の範資よりも、戦の素質は持っているかもしれない。

兵たちはそれぞれに散り、円心の館には二十名ほどが残っただけだった。それでいつもの円心の館に戻った。

円心を訪ねて武士がひとりやってきたのは、翌々日の六日だった。

「ほう、備前には戻らなかったのか？」

庭で片膝をついている武士に眼をくれ、円心は言った。伊東惟群である。

「加地貞季には、愛想が尽き申した」

「諸国の武士の守護への思いは、愛想が尽きたなどというものではないようだが。だから、おのが力で守護に、幕府に、たちむかおうとする悪党が生まれたのではないか」

「それがしを、赤松殿の麾下《きか》にお加えください」

「笑わせるな」

円心は、じっと伊東惟群を見降ろした。顔の傷は、顎から眼尻にまで達していた。

「ぜひとも。先日の戦でも、加地の家人は、深夜恐怖に駆られ、大将であることを忘れました。いたしかたなく、それがしが軍勢を動かしました。降伏する機を見ていましたが、その隙さえ与えられず」

「悪党の戦は、そういうものだ。特に六波羅の直轄領たる播磨では、悪党であると見なされれば、すぐに潰される」

「円心殿のもとで、戦がしてみたい」

「悪党が頼るのは、おのが力だけだ。その持つ力なりに、守護に、六波羅に逆らうのよ。強き大将を求める武士が、悪党になれようか」

「それがしだけの力で、加地貞季と闘えと言われるか？」

「闘うも闘わぬも、おのが胸の思いだけに従うものだ。先日の戦は、播磨に入ってきた他国の武士と闘ったまでのこと」

伊東惟群が、うつむいた。

円心は惟群に背をむけて、居室へ入ろうとした。

「待たれよ」

「守護の犬のようにしか生きられぬ武士と、これ以上なにを話せという」

「備前に、帰ります。三石《みついし》城に。いつかまた、会える日があろうと思います」

無視して、円心は居室に入った。

「斬っておいた方が、よろしいのではありませんか？」

光義が、追ってきて言った。

「なかなかの、戦上手ではあります」

「捨てておけ」

円心の声にある不機嫌さを感じとって、光義は黙った。

一月の終りになっても、六波羅からはなんの咎《とが》めもなかった。郡代は解任されたので、六波羅はかなり正確に事態は摑んでいた、と考えられる。赤松村の近辺に、密偵が多くなることは、覚悟した方がよさそうだ。

播磨だけではなく、各地に緊迫した気配があるようだった。ただ、不気味に静かである。地表ではなく、地の底が動きそうな予感を、円心はその静けさの中に感じていた。

尼崎の範資は、活発に物を動かしているようだった。倉には、武器と銭《ぜに》が満ちている。そしてしばしば、楠木正成《くすのきまさしげ》の消息もたらしてきた。畿内《きない》一円で、ひそかな力をさらに拡げつつある。物を動かしている範資には、それが躰で感じられるようだった。ただ、反幕に傾いてはいない。朝廷がどう誘いをかけようと、河内《かわち》の悪党の頭目のままである。

叡山からの連絡は、控えさせていた。則祐が法親王《ほっしんのう》の側にあり、頼季《よりすえ》もまたいることを、六波羅は知っているだろうか。

叡山では尊雲《そんうん》法親王が天台座主《ざす》を辞し、弟の尊澄《そんちょう》法親王が座主に就いた、ということぐらいが円心にはわかっているだけだった。昨年の暮のことである。

景満が、男をひとり連れてきたのは、二月も終ろうとしているころだった。

「河原弥次郎《かわはらやじろう》でござる」

庭に立った円心のそばで、河原と名乗る男は、軽く頭を下げた。猛々《たけだけ》しい眼をしていて、粗末な着物に獣の皮をまとっている。溢者の異形《いぎょう》であった。

「正月の戦の折、野伏りを率いていた男です。岩山から散ると、また溢者を集め、一両日、山伏峠と船坂峠を固めておりました」

景満が補足しないかぎり、河原弥次郎は、自分についてなんの説明もする気はなさそうだった。

百の騎馬隊に追い立てられながら、最後まで散らずに闘っていた。それは見事だった。ほとんど、野伏りの闘いとは思えないほどだったのだ。配下をよほど掌握していないかぎり、あのような戦はできない。

「備前の悪党か？」

「あの戦の時は、助けられた。その礼は申しあげるべきであろうと思い、上月《こうづき》景満殿の勧めに従い申した」

「こちらは、こちらの都合で戦をしたまで」

「なるほど」

弥次郎は、ちょっとほほえんだようだった。

「気に入らぬ悪党と思っていたが、そうでもなさそうだな、赤松殿は」

まだ若い。光義よりひとつ、二つ上という感じだ。小柄だが、不敵な面構えをしていた。

「どこが、気に入らぬ？」

「保身を図りながら、悪党でもある。そんな悪党があるものか、と思っていた。すべてを賭けて守護にたちむかってこそ、まことの悪党と、それがしは思っておる」

「ひとりですべてを賭ければ、十人に潰される。十人ですべてを賭ければ、百人に潰される。すべてを賭けるには、機を待たねばなるまい」

「利巧な悪党でござる、赤松殿は」

「それで、五十を越えても生きていられる。儂は、他人を助けるための戦などせぬぞ。賭ける時は、おのがためにすべてを賭ける」

「そういうお方だと、上月景満殿には言われた。正月の戦で、恩を着せられると思っておったが、それがないのは気に入った」

「おまえのような野伏りに気に入られたところで、嬉しくもない。弥次郎とか言ったのう、悪党とは、強い者を言うのだ。それだけは憶《おぼ》えておけ」

「ほう、赤松殿は、いまこの儂と組み打ちをして、勝てると思っているのか？」

「勝てる。が、そういう強さを言うのではない。それもわからぬようでは、長くは生きられまいな。去《い》ね。おまえのような男の相手をしている暇はない」

弥次郎が、気色ばんだ。円心は弥次郎を睨《にら》みつけた。怯《ひる》むような色が、弥次郎の顔をよぎった。

「儂を憶えておけよ。いつか、悪党の中の悪党だと、認めさせてみせる」

弥次郎が、背をむけて大股で歩み去った。

景満が、含み笑いをしている。こういうことになると読んで、弥次郎を連れてきたのかどうかはわからない。いきなり会わせれば面白い、と思ったのかもしれなかった。

「弥次郎は、野伏りや溢者に信望があるのであろうな」

「卑怯な振舞いをいたしません。時には無謀ではありますが、戦上手でもあります。備前や美作《みまさか》の溢者たちを、確かに魅《ひ》きつけてはおります」

「本人に、その気はあるまいにな」

「そういう男が、頭《かしら》になってしまうのです」

備前、美作の溢者を集めれば、四千や五千にはなるだろう。ただ、ひとつにまとめるのは難しい。頭として仰がれている男が、かなりの数はいるはずだ。その中のましな男として、景満は弥次郎を円心に引き合わせたのかもしれない。

円心は、軍勢を動かすのを避けていた。新任の郡代も、じっと円心の様子を窺っているだけのようだ。

3

五月だった。

叡山を包む緑は、ようやく眼に眩《まぶ》しくなっていた。叡山に、息苦しいような緊張が漂いはじめたのは、昨年の暮ごろからだった。尊雲法親王が天台座主を、弟の尊澄法親王に譲った。穏やかな尊澄法親王に替ったからといって、叡山が穏やかになったわけではなかった。むしろ、尊雲法親王の動きは激しくなっていた。

叡山に漂いはじめた緊張は、尊雲法親王の緊張でもあるようだった。なにかが近づいてきている。それは側近の者にはわかったが、はじめになにが起きるのかは、誰にもわからなかった。

こぼれそうでこぼれなかった水が、いきなり溢れたように、緊張が眼に見えるようになったのは、五月に入ってしばらくしてからだ。

京にいた山伏が、大挙して叡山に戻ってきた。

はじめは、鎌倉の幕府からの使者が上洛したという噂だった。上洛した使者が、即座に日野俊基《ひのとしもと》、円観《えんかん》、文観《もんかん》らを捕縛したとわかったのは、それから二日後だった。

帝《みかど》の安否が、まず確かめられた。その間も、叡山は戦仕度でごった返した。帝に変りなしという情報が流れてきて、叡山はようやく落ち着きを取り戻した。それでも、戦仕度は続けられた。

小寺頼季《こでらよりすえ》は、尊雲法親王の怒りのすさまじさを見て、今度の事件が密告による発覚だと知った。討幕計画が朝廷の中にあり、天台座主を辞した尊雲法親王が、それに深く関わっていたことも知った。

吉田定房《よしださだふさ》が密告者であることがわかった時、もう一度衝撃が襲ってきた。定房は、帝の側近のひとりだった。

「討幕の挙兵は潰《つい》えると見たか、定房は」

法親王は、定房の行為を裏切りとは思わなかったようだった。事前に討幕計画を知らせ、周囲の者を捕縛させることにより、帝の身を護ろうとした、という見方は確かにできる。

日野俊基らの捕縛から数日間、法親王の怒りは尋常ではなく、杉の木立に木剣を打ちつける音が、深夜まで叡山に響いていた。衣服は破れ、眼はうつろで、木剣を握る手は血だらけだった。

定房の密告が判明したころ、法親王はようやく落ち着きはじめたのである。それでも、そばにいると躰の底で燃える怒りが、痛いほどに感じられたのだった。

「怒りで、身を焼き尽すこともあるのだと、信じられる思いであったぞ、頼季殿」

法親王が怒りを露《あらわ》にしている間、そばにいた則祐も眠らなかったようだ。心労で、頬がげっそりとしていた。

「これはまた、正中《しょうちゅう》の変の二の舞であろうか、頼季殿？」

「わかりません。いまのところ、幕府が帝に手を出す様子はありませんが」

「父上への知らせは？」

「下山する、山伏に託しております。いまのところ、三度情勢をお知らせいたしました」

「挙兵はなさるまいな」

「一度挙兵したら、お館は決して退こうとはされないでしょう。ただ、いつ挙兵されるかは、側にいる者たちにもわかりますまい」

落ち着きを取り戻すと、法親王は堂に籠り、近侍する数名しか会うことができなくなった。頼季も、則祐から様子を聞かされるだけである。

いくぶんひそかになったものの、その間も叡山では戦仕度が続けられていた。

六月には、日野俊基ら、捕縛された数名が鎌倉に護送されたという噂が流れた。それでも幕府は帝には手を出さず、朝廷もすべてを静観するという態度だった。

法親王の戦の訓練も、夏になる前にまたはじめられた。頼季は何度か下山し、京の様子を見、一度は尼崎の範資の館を訪《おとな》った。

「父上は、まだ動かれぬ。軽々に動くな、と言ってこられた」

「お館は、やはり赤松村でございますか？」

「知っておろうが、正月に、郡代と対立された。それによって、西播磨の土豪や溢者の信望は得られたが、同時に六波羅に睨まれることにもなった。父上は、それほど気にはしておられぬが」

叡山の様子などを、範資はまったく訊こうとしなかった。自分が語るまでもなく、京や叡山のことは調べあげているのかもしれない。範資の独断では、そこまでやりはしないであろうが、円心が命ずることは充分に考えられた。

「時は、遠のいたと思うか、頼季？」

「わかりません。叡山では、戦がすぐにでもはじまると思っておりましたが。お館は、どうお考えなのでしょう？」

「なにも変らぬ、と言ってこられた。時は、遠のきも近づきもせぬと」

時がまだ来ていない、と円心は見ているのか。準備もせず、朝廷の中の謀議だけで、また叩き潰されたということか。

頼季には、暗澹たる思いだけがある。幕府からの上洛の使者が来たという時から、それはずっと続いていた。幕府は、まだ強い。叡山に数千の兵力があったところで、幕府は二十万、三十万という大軍を、すぐにでも整えられるだろう。

どこかに光が見えないことには、そのままうずくまってしまいたくなる自分の性癖を、頼季はよく知っていた。光が、一条のほのかな光さえあれば、自分は奮い立っていられるのだ。いまのところ、円心はそれを与えてくれそうもなかった。

尼崎からさらに足をのばし、河内を訪ねた。

楠木正成には、会うことはできなかった。弟の正季《まさすえ》もいなかった。

叡山に戻ると、戦の訓練だった。

法親王は、ただそれだけに熱中しているように見えた。木剣による合戦でも、常に何人かの怪我人が出、ひどい者は山から追い払われた。

蟬の鳴声に包まれるたびに、頼季は円心が叡山にやってきた夏を思い出した。

いかに戦の訓練とはいえ、あのころは怪我人の数は少なかった。法親王の挙止の中にも、どこか静かなところがあった。いま、叡山に徘していているのは、悲痛とも思える叫びだけである。

則祐は、よく法親王に近侍していた。日々の生活でも、法親王は内なる激しさを、持て余したように噴き出させることがあった。そばにいる者は、嵐が通りすぎるのを待つように、じっと耐えているしかない。

帝が京を出た、という知らせが入ったのは、八月二十五日だった。

その日から、再び戦仕度で慌しくなり、翌日には、法親王に率いられて、頼季も東坂《ひがしさか》本《もと》まで出た。六波羅の大軍が近づいている、という報が入る。

「これは緒戦だけの戦ぞ。はじめのぶつかり合いに、全霊をこめよ」

いざ戦がはじまるとなると、法親王は水のように静かだった。

「いよいよですね、頼季殿」

「これで、なにかがはじまった。すべてがはじまったわけではないかもしれぬが。則祐殿は、この場におられて悔いはござらぬか？」

「まさか、父のもとに帰れとは言うまいな、頼季殿。私が案じているのは、父が機を逃すのではないか、ということです。どこか、慎重すぎるところがあると思う、父には」

「叡山か京で戦がはじまらぬかぎり、お館は動かれますまい」

「はじめに動くことを、捨て石と考えておられる。はじめに動くものがあってこそ、すべてが動くというのに」

その日の夕刻、帝の叡山への臨幸があった。衆徒は勇み立ち、東坂本の法親王の陣に続々と集まってきた。

ぶつかり合いがはじまったのは、二十七日の午《ひる》を回ったころだ。衆徒に、与力する武士や溢者などを加え、法親王の軍は四千。それに対する六波羅勢は六千だった。

帝を護る、という戦だった。黒い馬に跨《また》がった法親王が先頭を駈け、頼季も則祐もそれに続いた。太刀を振るいながら、頼季は叫びをあげていた。それは、歓喜の叫びと言ってもいいものだった。生きている。そう思う。生きて、闘っている。近づいてくる敵のすべてを、頼季は斬り倒していった。則祐も、返り血を浴びながら、暴れ回っている。

夕刻までに、半里以上も六波羅勢を押し返した。胸のすくような勝利だった。

陽が落ちると、戦線は膠着した。ひとり、法親王は陣幕の中で黙考していた。近侍している則祐も、外に控えているだけだ。

夜中に、二度ほど注進が入った。

翌朝になって、叡山に臨幸した帝は、替玉だという噂が流れはじめた。頼季が訊いても、法親王はそれを否定しようとしなかった。

集まっていた、衆徒や武士が、少しずつ散りはじめた。六波羅勢は、夜のうちに増えていた。

「帝ではない。帝の輿《こし》であったが、乗っていたのは、花山院師賢《かざんいんもろかた》だ」

陣幕から出た法親王がそう告げた時、集まった兵はもう半分も残っていなかった。

「帝は、笠置山《かさぎ》において、討幕の兵を募っておられる」

それで、残っていた兵も散った。

昨日の敗北があるせいか、六波羅勢はすぐに攻めかかってはこなかった。さらなる大軍で、必勝を期そうというのだろうか。

「花山院師賢や公家は、すべて笠置へむかう。尊澄もだ」

頼季は、息を呑んで次の言葉を待った。則祐も、そばでじっとしている。陣に残っている兵は、もう百名ほどしかいない。

じりじりと照りつける、暑い日になってきた。法親王は顔に汗ひとつ浮かべず、涼やかな笑みを浮かべると、居並んだ百名に背をむけて歩きはじめた。

しばらく、頼季は後姿を見ていた。それから、見えないものに背中でも押されたように、駈け出していた。則祐も、そばを駈けている。

「それがしも、お伴いたします」

法親王にかけた声は、自分でも驚くほどに冷静だった。

「私は、笠置山へ行くのではない。笠置山には、帝がおられるだけで、充分であろう」

「どこへなりと、それがしはお伴いたします。そう決めております」

法親王を追って駈け出した者は、わずか十二、三名だった。

「まだ、苦しい闘いが続くであろう。闘いをはじめられただけで、私はよしとしている。大和《やまと》、紀伊《きい》を回る。畿内には、笠置山へ行くのをためらっている者たちもおろう。そういう者たちを、ひとりひとり集める。それが、いま私がやるべき戦だと思い定めた」

「お伴いたします」

則祐が言った。法親王が、白い歯を見せて笑った。

「困難な旅になるであろう。追手の眼を避けるだけの旅かもしれぬ。それでも、ひとりひとりを集めるところからはじめなければ、討幕の軍は起こせぬ」

法親王は、笠置山も落ちる、と考えているようだった。頼季も、そういう気がしていた。討幕の軍を起こすには、やはりまだ時が足りないのだ。有力な守護や御家人で、幕府を離反した者はいない。やがて、大軍が上洛してくるだろう。

「付いてくるか」

それだけ言って、法親王は坂道を歩きはじめた。頼季は、それに付いていった。則祐も、ほかの十数名も、付いてくる。
頼季は、光を追うような気分だった。

4

日野俊基ほか数名が幕府に捕縛されたことを、円心は尼崎からの知らせで聞いた。一日に一度、尼崎からの知らせが届く。叡山の頼季からも、山伏が書状を携えてきた。円心は、居室に籠ることがいつもよりいくらか多かったが、あとはごく普通に振舞っていた。居室にいる間は、集まってきた情報をもとに、いろいろと考えた。

正中の変が、もう一度起きたようなものだ。幕府の出方は、二度目の方が強硬だろう。捕縛された者より、帝がどうなるかに円心は注意を集中した。今度こそ、幕府は帝の手足をもぐようなことをするかもしれない。

景満は、いつもと変らず、兵を山に連れ出して訓練していた。都の変事も、景満の心を動かしたようではない。若いだけ、光義の方が動揺を見せた。

郡代も六波羅も、いまのところ円心に手を出してはきていない。円心は、悪党であることを隠そうとしなくなったが、郡代と事を構えるのも慎重に避けていた。

「誰が、最初に蜂起するかです」

めずらしく、貞範が赤松村へひとりでやってきた。

「儂にそうしろと、言いに来たのではあるまいな、貞範？」

「父上の性格から見て、すぐに立たれるとは思っておりません。ただ、誰かが蜂起すれば、幕府の出方がわかります。その持てる力も、測れると思います」

「叡山を考えておるのか？」

「三郎がいます」

貞範は、則祐を幼名で呼んだ。

「幕府とぶつかれば、叡山は敗れるでしょう。もしそうなれば、三郎が逃げてくる場所が必要になるのではないでしょうか？」

貞範も、巧妙になったものだ。法親王もともに西播磨に迎えたらどうかと、言外に伝えようとしている。いまのところ、法親王がそれを望んでいるかどうかわからない。則祐も、そして頼季も、法親王と行動をともにするだろう、と円心は考えていた。

しかし、京の変事が伝わってきてからも、それ以上なにも起きなかった。

円心には、法親王を播磨に迎えようという気など、無論ない。嫌ってはいないが、一族にとって危険すぎる存在である。

八月に入って、円心は百名ほどの兵を動かした。西播磨でも、赤松一族以外の悪党の動きが活発になったからである。兵を出しはしたが、悪党を抑えようとはしなかった。自分が本気で動かないかぎり、西播磨の悪党の動きが、叛乱にまで達することはない、という自負はある。

円心がちょっと動きを見せただけで、西播磨は静謐《せいひつ》になった。誰もが、円心の動きを見守るという感じになるのだ。

傀儡女《くぐつめ》が、村の童を集めていた。円心が、三日ばかり西播磨を駈け回って戻ってきた時である。それが浮羽《うわ》だということが、すぐにはわからなかった。それほど、浮羽は女に見えた。

「帝が、京を出られました」

夜、いつの間にか居室に浮羽が端座していた。どこから見ても、女である。そこはかとない、色香さえ漂っていた。

「叡山に入られたか？」

「いえ、笠置山に入られたと思いまする。そこで、討幕の兵を募ろうというお心積りかと」

「法親王は？」

「まだ、わかりませぬ。明日にも、私の手の者が叡山の様子を知らせて参ります」

帝が、討幕の兵を募る。誰が、はじめに応召するのか。幕府が倒れれば、第一の手柄は、はじめに応召した者だろう。ただし、幕府が倒れるまで、生きていればだ。

「いま、手の者は何人だ、浮羽？」

「四人でございまする」

「増やせぬのか？」

「心を許せる者でなければ、使うことはできませぬ。四人で不足することはござりませぬ。叡山にひとり、京にひとり、そして」

「もうよい」

「私は、三日ほど御報告には参れませぬ。思い当たることを、探ってみとうございますゆえ。それまでは、黒蛾《くろが》と申す童に、御報告を届けさせまする」

浮羽がなにを気にして探ろうとしているのか、円心には見当がついた。

「申しあげても、よろしゅうございますか？」

「言ってみよ」

「五月の捕縛は、吉田定房の密告による、と言われております」

知っていた。それをあえて浮羽が言うのは、早まって兵を挙げたりはするなということなのだろう。吉田定房は、帝の身を護るために、泣いてほかの者を捕縛させたと考えられていた。つまり、朝廷の臣でさえ、討幕がまだ無謀なものだと判断したのだ。

「三日目の夜に、私はまた参ります」

浮羽の姿が消えた。

次の夜、報告に現われたのは、まだ光範ほどの歳に見える童だった。

「帝は笠置山に入られ、法親王はどこかへ姿を隠されました。おそらく、畿内で徴兵に当たられるのだと思われます」

「ほう、法親王は、帝とともに笠置山には入られなかったか」

「はい。わずかな人数を連れ、南へむかわれました。その中に、則祐様、頼季様も加わっておられます」

二人が、法親王と行動を共にすることは、予測がついていた。播磨に入ったらどう扱えばいいのかを、円心は苦慮していたのだった。いまのところ、その気遣いは無駄なようだ。

「黒蛾と申したな。いくつになる？」

「十四でございます」

小柄だった。骨格は華奢《きゃしゃ》で、女のようにさえ思える。

「いつから、忍びとなった？」

「憶えてはおりません。もの心がついた時から、父を見ております」

はっと円心は胸を衝かれた。父とは、間違いなく浮羽のことだろう。

「おまえも、女人に化けるのか？」

「いつなりと」

「やってみろ、と申しているのではない。それも忍びの技かと思ったまでよ」

「伽《とぎ》を、お望みであれば」

円心に、男色の性向はなかった。浮羽は、息子に伽まで命じて行ったのか、と思っただけである。索漠としたものが、円心を包みこんだ。

「もうよい。明日の夜も、父に代ってここへ参れ。知らせることがなにもなくても、そうだと言いに来るのだ」

「父からも、さよう申しつけられております」

黒蛾が、円心の居室を出て行った。消え方は、浮羽ほど鮮やかではない。

赤松村には、いつもの日々があった。

蟬が鳴き、村の童たちは小川で遊んでいた。六波羅も郡代も探りを入れてきているだろうが、円心は気にしなかった。いまのところ、法親王が播磨へ入ってくることは考えられない。それならば、いつものようにしているのが得策なのだ。

三日目の夜、黒蛾に代って浮羽が現われた。

「死なかったのか、浮羽」

「私が、死ぬ覚悟であったと、お館様はお気づきになりましたか」

「黒蛾に、伽まで命じたであろう」

「死なずに済んだのは、運があったからだろうと思います。それから黒蛾は、すでに男を知っております」

「人の親として、それでよいのかの？」

「忍びも、生きていかなければなりませぬ」

「咎めているのではない。人が生きるのは哀しいものだと、黒蛾を見ていて思った」

浮羽は、ちょっと頭を下げただけだった。

円心は眼を閉じた。報告を聞こうという姿勢である。

「楠木正成は、わずかな供を連れて笠置山に入り、帝に拝謁しただろうと思います」

浮羽の声が、男のものになった。

「帝にか」

「金剛《こんごう》山の麓、赤坂《あかさか》には、すでに城が築かれております。武器、兵糧も運びこまれている様子です」

「笠置山には、かなりの武士や溢者が集まっているようだな。それに僧兵まで加えると、大きな軍勢になるのではないか？」

「確かに。六波羅だけで、笠置を落とせるとは思えません。しかしながら、関東から軍勢が上洛して参りますれば」

「楠木正成は、笠置山に入らず、赤坂で挙兵するというのだな」

「間違いはございません。赤坂城近辺は、すでに厳しい警戒に入っております。城に入るどころか、近づいただけで、楠木の忍びに追いまくられました」

「遠くから確かめるだけでよかったろう。なにゆえ、城中まで探ろうといたした」

「思うところがあって」

言いたくはないらしい。楠木一族に、なにか含むところがあるのか。死を決してまで、城中を探ろうとしている。

「正成ひとりが生きてさえいれば、必ず勝つと申したそうです」

帝に、そう言うからには、よほどの自信があるということか。それとも、すでに死を決した者の言葉なのか。

「楠木は、帝にも叡山にも、これまで応召しなかった。なにゆえ、いま応召したのであろうか？」

「期するものが、あったのでございましょう。でなければ、動く男ではありません。誰よりも、機を見るには敏な男でございます。すぐに勝てるとは、思っておりますまい。長く苦しい闘いを生き抜き、いつかは勝つ自信があるのでございます」

帝のために、一命を捧げる。それが悪党の生き方だと、円心は思っていない。楠木正成にも、悪党としてのしたたかな計算があるに違いない。しかしなぜ、いまなのだ。なぜいま、笠置の帝に応召したのか。

「いまは、すべてがはじまろうという時だと思うか、浮羽？」

「わかりません。はじめようと、楠木は思ったのかもしれません」

「はじめようと、自ら思ったか」

いま笠置山に集まっている、武士や溢者と、楠木正成はまったく違う。帝の権威に寄りかかって幕府に対抗しようというのではないのだ。自ら挙兵し、帝を支える大きな勢力にならんと試みている。それは、円心がいつかとろうと思っている方法でもあった。

捨て石が、捨て石でなくなれば、と正成は思っているのか。髭の中に牙を隠したようだったあの男が、これほど果敢に、先頭に立とうともするのか。

「悪党の中の悪党か、楠木正成は」

おのが飛躍する場を、人から与えて貰おうとはまったくしていない。おのが手でそれを作り、おのが力で飛躍しようとしている。

「ああいう男が、なにかをなし遂げるのであろうな。まこと兵を挙げるなら、死中に活を求めるきわどさがある。それができるとは、見上げた男よ」

「いま、楠木をそれほどまでに見ておられるのは、お館様だけでございましょう。たとえ兵を挙げたところで、大きな悪党がひとり立ったとみな思うだけでございます」

「笠置山の帝は、どこまで闘おうというおつもりなのかな」

「どこまでも。必ず勝つと、思いこめるお方でございましょう。いつでも、必ず思いこめるお方です。ただ今度は、正中の変の折のように、廷臣に罪を被《かぶ》せるだけでは、幕府は納得いたしますまい」

楠木正成の闘いぶりを見てやろう、という気に円心はなっていた。自分ならば絶対に立たない時に、正成は立った。それは正成の若さかもしれず、自分にはすでにないその若さが、なにかを決めるかもしれないのだ。

「もうよいぞ、浮羽。それから、黒蛾を儂のそばに置いてみる気はないか？」

銭の袋をだしながら、円心は言った。

「お好みでございまするか？」

浮羽の言葉が、女に戻った。自分のなにかを隠す時、この男は女になろうとするのかもしれない。

「そばに置いて、愛《め》でようというのではない。おまえとの連絡のために、いた方がよいと思ったまで。断っても、いっこうに構わぬ」

「お館様に近侍するということは、いずれ郎党に取り立てられるということでございまするか？」

「忍びは、どこまでも忍びよ」

浮羽が、ちょっとうつむいた。それから頷いた。

円心の館には、しばしば貞範がやってきた。貞範にかぎらず、西播磨や備前、美作の悪党たちの間には、大きな戦乱の予感があるようだった。

九月に入ると、円心は貞範ほか一族郎党の十数名を集め、いま挙兵はしないむねを、はっきりと伝えた。

笠置山が、六波羅軍の攻撃に晒《さら》されていた。持ちこたえている。それは、円心の気持のどこかをかき立てた。しかし、どこまで持ちこたえようと、やがて鎌倉から大軍が到着する。いまの六波羅軍は二万で、山を攻めるには少なすぎると言えた。

六波羅軍の、笠置山への猛攻の情報に混じって、赤坂城に拠った楠木正成の挙兵の報が入ってきた。

貞範は気持を昂《たかぶ》らせて円心の館に、ただ一騎で駈けてきた。その貞範でさえ、いま挙兵しようとは言わない。

円心は、時子《ときこ》、波留《はる》、知佐《ちさ》の三人を、夜ごと寝所に呼んでいた。いつになく、情欲が昂っている。板戸のむこう側では、いつも黒蛾に当直《とのい》をさせた。時子は大人しやかで、最後には啜り泣く。波留はいつも激しく身悶えをし、叫びに近い声をあげる。知佐はその時によってまるで反応が違うが、白い肌をいつも薄赤く染める。

知佐の躰が薄赤く染まる時、円心は胸のところにさらに赤い点をひとつ見つけた。

「妖霊星《よれぼし》のようじゃな」

それが空に流れるのは、不吉の前兆だという。円心は見たことがなく、見たいとも思わなかった。恥じたように、知佐は胸の赤い点を、掌《て》で隠した。

笠置山はまだ落ちず、赤坂城は抵抗を続けていた。すでに、鎌倉から大軍は到着している。

どこまでも闘いが続くことを望んでいるのか、早く落ちればいいと思っているのか、円心は自分の心を測りかねていた。

5

山伝いに、伊賀《いが》に出た。

六波羅の追手を避けながらで、山中に潜むこと五日だった。進む時は、昼夜を問わず進んだ。伊賀の近くから、数名の山伏が案内に立ち、六波羅の追手を撒《ま》いた。

法親王は、あまり語ることもなく歩き続け、頼季はじめ従う十二名は、ひたすら前後の気配に気を配っていた。

伊賀にいたのは二日で、すぐに南にむかった。山深い道だが、山伏がたえず案内に立ち、兵糧なども届けてきた。

「笠置山は、いま六波羅勢と激戦の様子。よく持ちこたえております。河内では、楠木正成なる者が、挙兵いたしております」

山伏は、兵糧とともに、そういう知らせももたらすのだった。

楠木正成の名を聞いた時、頼季は髭に包まれた溢者のような正成の顔を、ある懐かしさとともに思い出した。

和泉《いずみ》、岸和田《きしわだ》の楠木一族の館で、三日、頼季は正成とともにいたのである。法親王からの書状には、はかばかしい返事をしなかったが、頼季には自然な親しみを示してきた。円心のことを訊かれたが、それも探っているという感じではなかった。はじめて頼季が円心と出会った、十数年も前のことを、熱心に聞きたがったのである。

円心は、あのころはまだ則村《のりむら》といった。そして、躰こそ大きかったが、いまの正成にどこか似ていた。穀物倉の襲い方を教えられたと言うと、正成は腹を抱えて笑ったものだ。

あの時、正成が挙兵するなどと、頼季は考えてさえいなかった。ただ正成を好きになった。あの正成が、死を賭して挙兵したのか。

笠置山が、いつまでも持ちこたえるとは、法親王でさえ思っていなかった。六波羅や幕府と闘うには、もっと長い準備が必要だったのだ。笠置山が落ちれば、赤坂城も当然落ちるだろう。正成は、生きのびることができるのか。

それでも、笠置山の奮戦も、赤坂城も、そして法親王の動きも、頼季にはすべて遠くにともる光のように感じられるのだった。これで円心が兵を挙げれば、自分は死ぬことを喜びとさえ感じるかもしれない、と頼季はしばしば思った。

旅は続いた。すべてが、山中の険《けわ》しい道で、山伏の案内がなければ、一里も進めないようなところだ。夜は焚火を囲んで車座になり、法親王もともに、草の上に寝た。雨が降れば、大木の下で身を寄せ合った。

法親王は、山中でひっそりと暮す民に、討幕を説き続けている。山の民は、武士でも溢者でもなかった。時に山賊となることもあると聞いていたが、山伏の案内があるかぎり、彼らはみな法親王に対して恭《うやうや》しかった。

「このようなことで、兵が集まるのだろうか。頼季殿？」

　ある時、則祐が言った。

「二十、三十と山の民を説いたところで、鎌倉から上洛した軍勢は、二十万を超えるという話ではないか」

「山の民は、いつか大きな勢力になる、と儂は思っている。山の民同士は、どこかで繋がっておりましょう。二十、三十が、山の民の中で二百、三百になり、やがて二千、三千になる。時が、そういたしましょう。畿内の山の民は、数万とも、数十万とも言われているのを御存じか、則祐殿は？」

「いや」

「武士だけを頼り、武士の挙兵を待って幕府を倒したところで、また武士が力を持つ。武士でない力を、朝廷のものにしようと、座主様はお考えなのでしょう」

「ならば、悪党に説いて回った方が、まだましではないのか？」

「いまは、その時ではありません」

「いまこその時だ、と私には思える」

「悪党は、反幕ゆえに悪党。討幕がひとつの流れになれば、悪党は必ず立ちましょう」

則祐が、円心に立って欲しいと願っていることは、言わなくてもわかった。法親王を、播磨にお連れしたらどうかと、一度言ったこともあるのだ。

円心が法親王を戴いて挙兵することを、則祐は夢見ているのかもしれない。

吉野《よしの》から、さらに南に進んだ。

こんな山中に、というような場所にも、山の民の集落はあった。そして彼らは、笠置山における戦のことも、よく知っているのだった。

ひと月以上も、そうやって山中を歩いただろうか。

「前方に軍勢」

物見に出したひとりの注進が入り、一行は色めき立った。

「則祐殿は、座主殿のそばに。ほかの者は前後を固めよ。矢が飛んでくれば、おのが躰で受けよ。なんとしても、座主様を守って斬り抜ける」

案内の、二人の山伏は当惑した様子を見せていた。頼季は、岩場を前方に見つけ、そこに一行を導いた。

「もし六波羅勢なら、ここはひと時、われらが防ぎます。座主殿は、則祐とともにお逃げくださいますよう」

則祐を法親王に付けておけば、最後には播磨の円心を頼る道がある、と頼季は考えていた。

「慌てるな、頼季。このような山深いところまで、六波羅の軍勢が来るとは思えぬ」

「次の物見の報告が入るまでは、座主様をお逃がしする態勢は崩せません」

「わかった。私を害しようという軍勢ならば、速やかに則祐を伴って逃げる」

岩場に身を潜めて、じっと待った。

物見が駈け戻ってくる。顔がひきつっているのが、はっきりとわかった。

「前方の山に、軍勢」

頼季は、物見を張り飛ばした。落ち着かせる必要があったのだ。

「山に軍勢とは、なんという言い方だ。どこにどれほどの軍勢と、正確に言え」

「それが、山に軍勢が満ちているのだ。草木のように、山に軍勢が」

「そんな馬鹿な」

不意に、周囲の山に言い様のない気配が満ちた。頼季は、とっさに法親王を庇《かば》うように立った。気配は、山全体を包んでいて、ひとりの躰では庇いようもなかった。

山に軍勢が満ちている。それがいま、頼季の眼にもはっきり見えてきた。

法親王が、低い唸りに似た声を発した。山の民という言葉が、頼季の頭に浮かんだ。

「みんな動くな。待つのだ」

なにを待てばいいのかわからぬまま、頼季は叫ぶように言った。見えるだけでも、一千に近い軍勢に思えた。抗《あらが》ってみたところで、どうにもならない。

前方の道を、男がひとりで歩いてきた。普通に歩いているように見えるが、異常に速いことに頼季は気づいた。

男は、粗末な衣服を着け、獣の皮で作ったらしい草鞋《わらじ》のようなものを履いていた。小柄で、やわらかそうな躰をしている。猟師かもしれない。山中で、頼季は似たような身のこなしの猟師を、何度か見かけたことがある。

そばまで来ると、男はひざまずいた。

「帝の皇子たるお方を、お迎えに参上いたしました。麻雨《あさめ》と申します」

「誰の命により？」

「われらが、長《おさ》の命でございます。害意など、あろうはずもございませぬ」

「ならば、この軍勢はなんとしたことだ？」

頼季は、自分の声がかすかにふるえているのを感じた。自分の命は惜しくないが、法親王を死なせることはできないのである。

「これより先、御一行をお護りいたします。およそ六百ほどおります」

「千を超えているように、見える」

「われらの、持つ技を披露しただけでございます。六百が、それぞれ二組の衣類をうまく操れば、二千近くには見えます」

頼季は、息をついた。

法親王が、ようやく進み出てきた。

「大儀に思うぞ」

「はっ」

「案内いたせ。おまえたちの、長に会おう」

麻雨が頷き、先に立って歩きはじめた。山に満ちていた軍勢は、消えている。気配さえ感じられない。敵であったら、と考えると肌に粟が生じた。

三里ほど、険しい山道を歩いた。

不意に視界が開けた。窪地の底に、かなり広い場所がある。ざっと数えて、百戸ほどの家もあった。ただ、人ひとりの姿も見えない。

館と呼んでもいい、大きな家に通された。

ようやく、人の気配がそこここに感じられるようになった。一行が入ってくる間、じっと家の中に潜んでいたらしい。

法親王にだけ、茵《しとね》があった。

六人の男たちが、板敷に入ってくると平伏した。

「長の命により、と申したが」

頼季は、法親王を右に見る位置に座っていた。六名は、法親王とむかい合っている。

「よくぞ、おいでくださいました」

六名の中から、麻雨がひとり進み出て言上を述べた。

「待て。長が言上を述べるのが、筋であろう」

「ここにいる六名が、紀伊、大和における長でございます」

「その上の長は？」

「すべての、山々が」

「すべての山々の命による、と言うのか」

「われらにとっては、そうでございます」

言って、麻雨はもう一度深く頭を下げた。

「大儀に思うぞ、麻雨。その方ら、古来より朝廷のためによく働いた。物を納め、人を出し、時には手足ともなった」

法親王が静かな口調で言った。

「山に入って人を避けなければならぬ。それも、武士の世なればこそじゃ」

「いまは、山だけに拠って生きております。それを不平に思う者もございませぬ」

「下界に降りれば、人の欲と欲の争いがある。血も流さなければならぬ」

「それでも朝廷のためという仰せでありましょう。なれど、われらの心は、まだ決まってはおりませぬ」

「武士に脅《おびや》かされることもなく、生きてみたいと思わぬか、麻雨」

「帝の皇子たるお方をお迎えしただけで、われらには望外の喜びでございます。なにとぞ、この地にてお躰をいとわれますよう」

「待て、麻雨。私は、やらねばならぬことがあって、この地へ来たのだ」

「それも、時をかけてお考えになることです。われらは、まだなにも決めておりませぬ」

「急ぐのだ」

「急がれても、無駄でございましょう。笠置山は、九月二十八日に、落ちましてございます」

　板敷の広間が、一瞬凍《い》てついたようになった。法親王の眼が、大きく見開かれ、その底から炎が燃え立ってきたように、頼季には感じられた。

「して、帝は？」

「三十日に、幕府の手に落ちられたものと思われます。いま、幕府の大軍は、孤立無援の赤坂城にむかっております」

「遅かったか」

それきり、法親王は、唇を嚙んで言葉を発しなかった。

「この地におられるかぎり、幕府の手ものびては参りませぬ。どうか、しばらくはお躰をいとわれますように」

それだけ言い、六名は一斉に平伏して、退出していった。

しばらくは、全員が黙りこんでいた。

頼季が、老人に呼ばれた。

法親王の館をここに定め、御所と呼ぶこと。従者たちの寝所の場所。下働きの者たち。生活のために必要なことが、すべて伝えられた。

ただし、山を出る場合は、案内が必要らしい。必ず、道を踏み迷うという。

旅装を解いた。

法親王は、ひとりで居室に籠った。頼季は、則祐と二人で、村の中を見て歩いた。村人たちは、もういつものように外に出ているようだ。二人を見ても、まったく意に介さなかった。そう命じられているのだろう。

「これが、山の民というものか、頼季殿？」

「多分。それがしも、このような村を見るのは、はじめてでござる。とても、軍勢が近づけるところではございませぬな」

「古来から、朝廷のために働いた、と座主様は言われていたが」

「それについても、座主様だけがおわかりなのでしょう。とにかく、笠置山が落ちたならば、もう一度、すべてを見直してみるしかありません。それには、ここは悪い場所ではありますまい」

「山伏が、下界で起きたことを知らせに来るようだな」

かなり広い村で、端から端まで太い道が通っている。しかし、そこから山へ続く道は、どれも岨道《そばみち》だった。

「ここは、なんという村だ」

村人のひとりをつかまえて、頼季が尋ねた。

「大塔《おおとう》でございます」

丁寧な答が返ってきた。

「大塔」

「どうかしたのか、頼季殿？」

「則祐殿は、御存じあるまいが、座主様は、大塔宮《おおとうのみや》と呼ばれておいでだったのじゃ」

「では、ここは座主様の呼び名を」

「新しく、付けたものであろう。いや、そうに違いない」

老人が、御所と呼んだ家が近づいてきた。

しばらく、ここに腰を据えるしかあるまい、と頼季は考えていた。法親王も、そう考えるだろう。

幕府の大軍に囲まれる赤坂城は、見殺しということだった。

第四章　決　起

1

年が明けたころから数ヵ月、円心《えんしん》は活発に兵を動かした。備前《びぜん》、美作《みまさか》にかぎらず、六波羅《ろくはら》の監視が緩くなった播磨《はりま》でも、代官の館《やかた》や年貢米の倉を襲った。

もっとも、堂々と巴《ともえ》の旗を揚げたわけではない。貞範《さだのり》や上月景満《こうづきかげみつ》に溢者《あぶれもの》を擬装させ、二隊の兵を交互に動かしたのである。

笠置《かさぎ》山に続いて赤坂《あかさか》城も大軍に押し包まれ、すでに落ちていた。楠木正成《くすのきまさしげ》の生死は知れなかったが、河内《かわち》でひそかに動きはじめているという情報が、浮羽《うわ》から届いた。かなり遅れて、尼崎《あまがさき》の範資《のりすけ》からも同じ知らせが入った。

帝《みかど》は隠岐《おき》に流され、六月に入ると日野俊基《ひのとしもと》が斬られたという情報も入った。尊雲法親王《そんうんほっしんのう》の行方は知れない。則祐《そくゆう》や小寺頼季《こでらよりすえ》からの知らせもなかった。

幕府や六波羅は、事後処理と尊雲法親王の探索に力を入れていた。諸国の悪党は、ひとまず守護に任せるという恰好になり、六波羅の直轄である播磨は、かえって締付けが緩くなっているのだ。佐用庄《さようのしょう》を除いたかなりの地域を、円心は荒らした。播磨で動くことによって、播磨の悪党の動きも、より正確に摑《つか》むことができる。

「備前の、河原弥次郎《かわはらやじろう》という男を、憶《おぼ》えておられますか?」

二百の兵を率いて備前、美作を荒らしてきた景満が、報告の最後にそう言った。昨年の正月、備前守護の軍勢に追われて播磨に逃げこんできた、野伏《のぶせ》りの頭目である。小柄だが、猛々しい眼をしていた。

「百ほどの人数をしっかりと固め、われらが動くと同心して参ります。もはや野伏りとは申せますまい。百をしっかりと配下にした、悪党でございますな」

「勝手に同心してくるのか?」

「いささか頭を使うようになったようで。百で襲えば激しい戦《いくさ》になるところも、三百になればたやすく破れると考えているのでしょう。それに、あてにならぬ溢者は、配下から除いてもおります」

「おまえはずっと、その弥次郎と誼《よしみ》を通じておったな、景満」

「いつか役に立つ、と思っておりましたので」

　景満が、平然と言った。

「備前には、伊東惟群《いとうこれむれ》もおります。ただ伊東一族はまとまってはおらず、惟群も頭に立つほどではありません」

　播磨の溢者も、人を選んで貞範や中山光義《なかやまみつよし》が手懐《てなず》けている様子である。いくら円心に内緒で事を運ぼうとしても、兵を動かしてみればそれはすぐにわかる。

　赤松《あかまつ》一族を挙げても、五百に満たない。ただ、三千の兵を武装させ得るだけのものを、円心はすでに尼崎の館に蓄えていた。

「弥次郎とも惟群とも、いずれ会うこともあろう」

「まだ機は到りませぬか？」

　率直に訊いてきた景満に、円心は苦笑を返しただけだった。

　楠木正成がこれからどう動くのか、という思いが心の底にある。笠置山の帝に呼応して兵を挙げた果敢さが、かすかに円心を圧倒さえしていた。勝てるはずのない戦だった。それでも、死なずに正成は生きのびている。

　自分にはできないことを、正成はなぜできたのか。叩かれても叩かれても、しぶとく生きのびる。それが悪党の戦だというのか。傾きつつあるとはいえ、鎌倉《かまくら》の幕府はまだ強力だった。関東だけで、三十万の軍勢を集める力を持っているだろう。それに対して、わずか数百での蜂起。正成ひとり生きていれば、戦は必ず勝つと帝に言上したともいう。その自信は、どこから出てくるのか。

時を見逃している、とは思わなかった。その時が近づいてきているのも、はっきりと感じる。堅牢に見えるものも、崩れはじめたら早いということは、痛いほどわかっていた。

それでも、いまではなかった。

帝の幕府への謀反が、事前に洩《も》れた。それが洩れず、周到な準備のもとで決起がなされたなら、円心も立ったかもしれない。自分の運を賭けるには、あまりにつまらぬところから事ははじまっているのだ。

「貞範には一度言ったことだが、佐用郡の郡代は充分に肥えふとっている。悪党に悩まされることもなかったのでな」

「郡代の館を襲う時が、機だと思ってよろしいのですな」

「景満、そして光義もよく聞け。われらは、何年もここで耐えた。あと一年や二年は、なにほどのことがあろう」

時は必ず来る。それが五十数年生きた円心の、確信と言ってもよかった。その時を見誤った者が、滅びていく。

景満と光義が退出すると、円心は居室で夕刻まで考え続けていた。夏の盛りは過ぎつつあるが、まだ蟬の声はかまびすしい。叡山《えいざん》に尊雲法親王を訪ねた時も、蟬の鳴声に包まれていた、とふと思った。

関東にやっていた浮羽と、河内にいた黒蛾《くろが》が連れ立ってやってきたのは、秋の気配が漂いはじめたころだった。二人とも女装であり、母娘の傀儡女《くぐつめ》とも見えた。

関東では内管領長崎円喜《ないかんれいながさきえんき》の権勢がいよいよ強く、外様《とざま》の御家人《ごけにん》には不満が鬱積《うつせき》しているという。新田義貞《にったよしさだ》が動くかもしれない、と浮羽は読んでいた。北条《ほうじょう》は平氏であり、新田は源氏の流れである。ただ、源氏となれば足利高氏《あしかがたかうじ》が動かなければそれほどの力にならず、足利は北条と縁戚で結ばれている。

河内では、楠木正成の動きが活発になっていた。一度は落ちた赤坂城を中心として、いくつかの城を築く動きもあるという。そして正成は、河内、和泉《いずみ》、摂津《せっつ》の悪党や溢者を糾合しつつあるようだった。

「楠木は、また敗れましょう。帝が隠岐におわす間は、諸国の兵も集まるとは思えませぬ」

浮羽の言葉の端に、楠木正成に対する微妙な感情が出ている。それはいつものことで、正成に含むところがあるのだと、円心は思っていた。それがなにか、訊いたことはない。

「四千から五千の悪党、溢者を、楠木正成は集められるであろう、と私は思いました」

「その気になれば、幕軍は三十万は集まりましょう。やはり、楠木に勝機があるとは思えませぬ」

浮羽と黒蛾には、楠木に対するかすかな思いの食い違いがあるようだった。それがなによるものなのか、円心は訊かなかった。訊いてわかることよりも、見ていてわかることの方が確かだという気がする。

「話はわかった。それより、おまえたちに新しい仕事を頼まねばならぬ」

「なんなりと」

答えたのは浮羽で、黒蛾はちょっとだけ頭を下げた。黒蛾はほとんど円心のそばにいて、四日、五日といなくなる時は、京や河内に出ているのだった。黒蛾を円心の新しい女だと、家中《かちゅう》の者たちは思っているようだ。

「儂《わし》は、ある男に会おうと思っている。家中の者たちにも知られずにだ。会うことはたやすい。おまえたちの仕事は、会った後のことだ」

「そのお方は、京か、あるいは河内に？」

「いや、播磨だ。馬を駈けさせれば、一刻《いっとき》ほどしかかかるまい」

「播磨、でございまするか」

うと思っている」

「女であるおまえたちが、必要なのだ。女好きの御仁でな。近いうちに、儂は訪ねてみよ

浮羽が、戸惑ったような表情を浮かべた。いきなり言い寄られた女が、浮かべそうな表情である。七、八日後だな、と呟き、円心は口もとだけで笑った。

浮羽が消えても、円心はまだ黒蛾をそばに置いていた。童の躰《からだ》つきなので、女装すると浮羽よりもずっとなまめかしかった。女を知る前に男を知ってしまった、ということもあるのかもしれない。見ていると、不意に錯覚が襲ってくることもある。

「いささか、気が重い」

「播磨の、あるお方にお会いになられるのがですか？」

「嫌いではない男だ」

答える必要はないと思ったのだろう。黒蛾はじっと円心に眼を注いでいるだけだ。

「尊雲法親王が、ひそかに叡山に戻られた、と知らせてきた者がおる。熊野《くまの》におわすと知らせてきた者も、因幡《いなば》で隠岐の帝を助け出そうとされていると言ってきた者もおる」

「つまり、尊雲法親王が何人もおわすということではございませぬか。昨年の笠置山や赤坂城の戦でも、尊雲法親王が自ら兵を率いておられるのを見た、と申す者がいるそうです。

六波羅は、それに惑わされている様子。とすれば、何人もおわすことは悪いことではない

かもしれませぬ」

「儂も、そう思っている。ただ、方々から出される令旨《りょうじ》を、誰も本物とは思わなくなった」

円心のもとにも、頻繁に令旨は届いていた。熊野からであったり、吉野《よしの》からであったり、時には京からということもあった。

円心が待っているのは、本物と信じるに足る令旨である。それがあれば決起するというわけではないが、必要なもののひとつであることは確かなのだ。

尊雲法親王が、畿内《きない》の山中のどこかにひそんでいるとすれば、まず繋がりをつけるのは、河内の楠木正成だろう。昨年の赤坂城の挙兵で、正成はそういう大きな存在になった。

正成の動きは、尊雲法親王の動きを映す鏡ということにはならないか。

「河内と法親王の繋がりは、調べることができぬか？」

「いま、どのように繋がっているか、ということでございまするか？」

「無理はせぬ方がよい。浮羽でさえ、河内を探るのは命がけらしいからな。おまえが見てきて、なにか勘づいたことはないか、まずそれを聞こう」

「山伏が多いような気がいたしました。溢者たちの中に、確かにこれまでよりも多くの山伏が混じっておりました」

河内に深く潜入することを、黒蛾は浮羽から禁じられているはずだ。しかし黒蛾は、あるところまで潜入したに違いなかった。それは、浮羽の前で訊けることではなかった。

「もうひとつ多いのが、女でございました。私があまり怪しまれもしなかったのは、女が多かったからだろうと思います。あれだけの女を城に籠らせるとは思えませぬ。いずれ別なことに使うつもりでございましょう。いまは、長く保つ兵糧を作ったり、衣類などの商いをする者が多いようです」

「城をいくつか築く気配だ、と申したな」

「はい。赤坂城を囲むように。それから恐らく、詰めの城も築くつもりでございましょう。ただ、そこにはたやすく近づくこともできませぬ。ふた月、三月と、女たちに混じって働かなければ無理でございましょう」

「詰めの城か」

赤坂城は、地形から言っても、大軍の包囲に長くは耐えられまい。いまは幕府方の湯浅《ゆあさ》党が占拠しているという話だが、それもすぐに奪い返せるはずだ。その奥に詰めの城ということになれば、それは金剛《こんごう》山中か。そして正成は、籠城戦で敵を引きつけるつもりなのか。

正成の戦のやり方に応じて、自分の戦の方法を決めようと思っているわけではなかった。

ただ、同じやり方に効果があるとは思えない。別の戦を考えるべきだろう。

「お館《やかた》様、私に河内を探るために、時を与えてはいただけませぬか？」

「浮羽が許すまい。それに、河内を探ることに、大きな意味はないのだ。楠木と敵同士になることはあるまいでな。ただ、河内の動きに気を配ってくれているだけでよい」

「父は、楠木となると、慎重になりすぎたり、いたずらに気を立たせたりいたします。その理由は、私にもわかりませぬ」

「無理のないところで、楠木の動静に気を配っていよ。山伏が多い。女が多い。そんなことで充分だ」

「かしこまりました」

どこから見ても、黒蛾の仕草は女だった。声まで、女そのものである。

「明日から、おまえたちは、ある男のところへ行くことになる。面白い男よ。十年、いや二十年早く世に出てしまった、楠木正成ということになるかの」

あの男が、いま力を持っていたらどうなるのか、と円心は一瞬考えた。力は、時とともに移ろう。それは楠木正成とて同じであろう。溺れた人間が息を吹き返すように、あの男が再び力を持つことも充分にあり得た。

自分は一度、楠木正成を見た。十数年前に、六波羅探題《たんだい》と華々しく闘った、正成と同じ人物を見た。いまは、そう思う。あの男が力を持っていたら、正成と同じ動きをしたに違いないのだ。

「黒蛾」

円心は、板敷の隅に端座する、女装の黒蛾に眼をむけた。

「いずれは、武士になることが望みか？」

「それは、父の望みでございまする」

「おまえは、なにを望む？」

「お館様のお側で働ければよい、と思っておりまする。それ以上のものは、望みませぬ」

黒蛾の躰から、媚《こび》が滲《にじ》み出してきた。絡《から》みついてくるような、いやらしさはない。どこか孤独で、悲壮でさえあった。

「浮羽は、なにか夢を持っているようでもあるが」

「父は、手練《てだ》れの忍びでございます」

それ以外に、浮羽の持っているものはなにもない、というような口調だった。円心はその話題を切りあげ、黒蛾が新しく身につけた技について訊いた。黒蛾は、十五歳になっている。忍びとして、一番力をつける時期にある、と浮羽も言っていた。

瓢《ふくべ》に酒を満たし、腰にぶらさげた。

2

光義が、不服そうな表情で馬を曳いてきた。供を命じなかったからである。時には原野で、空でも眺めながら酒を飲みたい。円心はそう言って、ひとりで出かけることを伝えた。溢者に襲われたらどうするのか、と光義は短く反論しただけだった。それ以上円心がなにも言わずにいると、諦めて馬を曳いてきたのだ。

どこへ行く時も、大抵は光義ほか数名を供に連れていた。

「お館、どちらへ行かれるかだけでも」

「東へ。栗栖庄《くるすのしょう》のあたりまで、足をのばして来ようと思う」

言って円心は手綱をとり、鞍に跨《また》がった。

赤松村を出るとすぐに、東へはむかわず南へむかった。西播磨なら、どんなところでも知り抜いている。五十数年、おのが庭として生きてきた場所だ。

原野は、秋の色に移りかけていた。枯れた色の丈高い草が、風に靡《なび》き音を立てている。いくつかの村があり、田では稲も色づきはじめていた。

考えごとをしていたせいか、三里の道を駈けたのが、ひどく短い間だったような気がした。

矢野庄《やののしょう》、寺田《てらだ》村である。

円心が訪ねようとしている人物は、いまはそこにはいない。六波羅の手を逃れるために、そこからさらに半里東へ行った山中の小さな館にいる。

寺田村で、大規模な悪党の蜂起があったのは、もう十七年も前のことだった。

円心はまだ三十代で、赤松一族もひとつにまとまってはいなかった。蜂起の先頭に立ったのが、寺田村の寺田法念《ほうねん》で、円心よりもいくつか若いくらいだった。寺田一族を挙げての蜂起で、播磨一円の悪党がそれに加わった。一時は、播磨を席巻《せっけん》しそうな勢いだったのである。

円心は、その蜂起に付かず離れずの態度を押し通した。心は動き、寺田法念自身が赤松村に説得にも来たが、大きな時の流れを読むと、どうしても無理な動きとしか思えなかったのである。

六波羅探題は、本腰を入れて鎮圧に当たってきた。その軍勢とも、数ヵ月にわたって対等に闘い、都鄙《とひ》名誉の悪党とまで称えられた。しかし、六波羅の底力には抗すべくもなく、徐々に追いつめられ、一族の大部分が討たれたのであった。寺田法念は、かろうじて逃げおおせた。それから十七年間、悪党としての寺田法念の動きはない。ただ、播磨の武士、溢者を問わず、寺田法念の名は頭に刻みこまれていた。播磨の悪党について考える時、円心の頭にも必ずその名が浮かぶ。

この十七年の間に、一度だけ円心は法念と会っていた。八年前のことで、山中で偶然に行き合わせたのである。円心は景満ほか十名ほどの供を連れ、法念は若い従者を二人伴っていた。会った瞬間に、お互いに誰であるかわかった。

半刻ばかり言葉を交わしたが、悪党についての話は出なかった。法念は、深く沈潜した情念を全身に湛《たた》えながら、静かなるおのが日々について語り、円心はようやくひとつにまとまった赤松一族の話をした。

再会を約したわけではない。会わなければならないと、円心が一方的に考えただけである。

館が見えてきた。在地の武士の、小さな館としか思えぬものである。

馬を降り、円心は訪《おとな》いを入れた。答えて出てきたのは、法念自身だった。

「やっ」

「久しぶりですな、法念殿。いや、太田義了《おおたぎりよう》殿」

法念が、太田義了と名を変えたことは、八年前に聞いていた。六波羅はまだ、寺田法念の幻影に怯《おび》えていたのだ。

「一献傾けようと思いましてな」

腰の瓢を叩いて、円心は言った。法念の表情が和《なご》んだものになった。

粗末な館だった。この男は、ここでなにを待っていたのかと、むき合って座りながら円心は思った。都鄙名誉の悪党が、悪党を捨てたはずはないのである。

当たり障りのない話が、断続的に交わされた。それがやがて、播磨の情勢になり、天下の話になった。瓢の酒が尽き、痩せた男が新しい酒を運んできた。それが八年前に会った若い従者のひとりなのかどうか、円心にはわからなかった。

「楠木正成なる男を、法念殿は御存じかな？」

「赤坂城で、幕府軍をてこずらせた。また動きはじめている、という噂ですな」

「正成が立った時、それがしが思い出したのは、十七年前の法念殿であった。法念殿のように追われる身になるのかと思ったが、六波羅もいまでは腑抜《ふぬ》けが多いらしい」

「時でござろう。十七年前、それがしは時を見ようとはしなかった。戦という道が見えていただけです。あそこで時というものを見つめた赤松殿は、これほど大きくなられた」

いま、法念は時を見ようとしているに違いなかった。悪党の動きに、法念がそのまま加わるわけにはいかない。誰もが法念を知り、頭《かしら》と仰ぐはずだ。そうなれば、今度こそ六波羅は全力で法念を潰すだろう。六波羅が自分を潰し得ないと見きった時、法念はかつての都鄙名誉の悪党として名乗りをあげるつもりに違いない。そして播磨の悪党は、こぞって法念に靡《なび》いていく。

その時は、もう遠くない。

「荘園というもので、幕府の御家人は支えられていた。御家人によって、幕府は支えられている。したがって、荘園を荒らす者は悪党ということになる。幕府に対して、悪党ということよ。それは、儂が暴れた十七年前がそうであったし、その前もそれ以後もそうであった。楠木正成が赤坂城で兵を挙げたことによって、悪党のあり方も変ったな、円心殿。そうは思いませんか?」

「どう変りました?」

「いまは、たまたま幕府が国を治めている。たまたまと言っていいであろう。古来から、この国は朝廷が治めていたのだ。幕府を支える力が御家人であり、朝廷を支える力が悪党だ。そうは思いませんか?」

「悪党は、どこまでも悪党でありましょう。おのが力のみに頼り、おのが信じる正義のみに生きる。悪党に天下を論ずる資格などない、と思いますな。それがしにも、楠木正成にも、そして法念殿にも」

「小さすぎはせぬかのう、それは」

「人は小さいものだ、とそれがしは思う。おのが分をわきまえてこそ、悪党。もし法念殿が言われるように悪党が動くなら、悪党の時代は終りつつある、とそれがしは思います」

「悪党が、悪党でなくなるか」

「それがしの父も、祖父も、悪党であった。それがしもまた、悪党でござる。おのがために生きる、悪党でござるよ」

眼を閉じている法念にむかって、円心は言った。誰のために闘うのでもない。おのがために闘う。だからこそ、悪党ではないのか。朝廷は、おのが闘いのための、拠って立つ場所にしかすぎない。その考えを、円心は捨てようとは思わなかった。

「悪党という言葉も、時とともに変ってこよう」

法念は眼を閉じたままだった。老けている。十七年前と較べると確かに老けているが、八年前と較べても、無残なほど老けていた。

十七年前、赤松村まで円心の説得に来た法念には、ただ猛々しいだけの印象があった。痩せ、眼が輝き、喋る言葉には直情の刃があった。

いまむかい合っている法念は、策をめぐらす軍師の風情しかない。心の内を容易に明かさず、それでいて人を動かすための言葉は、とめどなく出てくる。溢者の中にも、そういう男はいた。五十、百と集まった溢者を、自分の思うところへ引っ張っていく男。

法念が酒の碗に手をのばし、もう一方の手で総髪をかきあげた。二人とも出家しているが、だからといって法念が剃髪しそうには思えなかった。ちょっとしたことで出家する者は多いが、僧の戒律の中で暮す者は稀だった。円心は、剃髪だけしていて、外では頭を頭巾で包んでいる。

「円心殿は、長い時をかけて、播磨の悪党の頂点に立たれた。六波羅とぶつかることもなく、一族を犠牲にすることもなかった。それでいて悪党として立っていられるとは、見上げたものでござる」

「法念殿を見ていた。六波羅の底力がどういうものか、法念殿への対処を見て、骨にまで沁みもした。それで決めた生き方を、変えるわけにはいかなかった」

法念の皮肉の混じった口調に、円心は率直にそう答えた。自分の生き方を変えることは、してこなかった。下げる頭は、何度でも下げた。身を守りつつ、奪うことのできるものはすべて奪った。そして、命と運を賭ける日を待ち続けたのだ。

「楠木正成は、時を得たのであろうかの、円心殿？」

「これからわかることでござろう、それは」

「確かに。それがしは、時を得ることができなかった。しかしまだ、こうして生きておる。

ほとんど死人のようなものだが、生き返ることはできるかもしれぬ。円心殿が蜂起されるなら、それに加えてはいただけまいか？」

答えず、円心は酒を口に運んだ。肴《さかな》には、あぶった干魚が出ているだけである。つましい暮しぶりだった。いや、それを装っているだけなのか。

一族の、ほとんどが死んだ。それは、恨みとして法念の中に残っているだろう。恨みが、法念にいまの暮しを耐えさせていると言ってもいい。自刃《じじん》せずに生きのびたということは、恨みを晴らす時を待つということでもある。

「十七年前といまは、大きく違う。悪党と朝廷が手を結ぶ時代なのだ。円心殿は、蜂起の機を窺っておられよう」

「よさぬか、この話は。それがしは、法念殿をふと懐かしく思い出しただけなのだ」

「そうだな」

法念が、また眼を閉じた。

しばらく、当たり障りのない話をした。法念の喋り方は、世を捨てた老人のそれのようになった。

円心が腰をあげたのは、一刻ほど過ぎてからだった。

「それがしは、山中で見ていよう。世の動きを、そして円心殿の生き方を」

送って出てきた法念が、鐙《あぶみ》に足をかけた円心に言った。一度ふりむき、頷き返すと、円心は馬に乗った。

一里ほど駈けたところで、手綱を引いた。

傀儡女が二人、村の童を集めている。馬上からしばらくそれを眺め、円心は懐の銭の袋を放った。若い方の傀儡女がそれを拾いあげ、捧げ持って深く頭を下げた。

待つだけだった。

馬を林に入れて隠し、半里ほど法念の館の方へ引き返した。小さな薪小屋がある。いまはほとんど使われず、朽ちかけていた。その小屋の中に、円心は腰を降ろした。

一刻待った。

人が近づいてくる。小屋のすぐそばまでその気配が近づいてきた時、円心は板戸を開けた。

「これは、円心殿ではないか」

「待っていたのだ、法念殿。傀儡女は、ここには来ぬ。相変らず、女には眼がないようだな」

「なるほど、儂を斬ろうというのか」

「播磨の悪党は、ひとつでなければならぬ。亡霊が立ちあがれば、悪党の半分はそちらへ靡こう。悪党同士の争いなど、する時ではないのでな。亡霊には亡霊のままでいて貰おうと決めた」

「しかし、なにゆえひとりで？」

「二人の傀儡女は、儂の配下だ。法念殿を、ここへ誘い出す役をして貰った。一度会ってから、斬るか斬らぬか決めたかったのでな。ひとりで斬ろうというのは、都鄙名誉の悪党とまで言われた男への、せめてもの礼儀」

「女に、騙《だま》されたわけか、儂は」

法念の暮しは、見たものとはかなり違っていそうだ。浮羽と黒蛾を毎夜呼び、銭も与えたのだ。つましさの皮が、女に対した時に破れたということになる。

ひそかに、強奪などはしていたのだろう。かつての寺田法念とは決してわからぬように、周到にやったに違いない。そして、かなりのものを溜めこんでいる。

法念もまた、時を待ち続けていたのだ。それを、円心に明かそうともしなかった。

「播磨の悪党を動かすのは、ひとりだけだ、法念殿。そして法念殿は、十七年前に死んでいる。儂がこれから斬るのは、ただの亡霊よ」

「さすがに、見るところは見ているのだな、円心殿。十七年前、儂に本気で与力《よりき》しようとはしなかった。あの時から、見るところは見ていたというわけか」

「男が、おのが運を賭けるのは、一度だけでいいのだ」

言いながら、円心は法念に数歩近づいた。

「女か」

十七年前、法念の弱点は確かに女だった。どこの村を襲っても、二、三人の女をかどわかし、しばらくすると捨てるということをくり返したのだ。六波羅は、法念のそこをうまく衝いたと言われていた。実際にどういうことだったのかは知らない。ただ、いまもこうして、女装した浮羽と黒蛾に誘い出された。法念は黒蛾を望み、それを浮羽が遮《さえぎ》るということを、何日かくり返してきたらしい。焦《じ》らされた挙句、円心の前に出てきたということになる。

「誰にも弱いところがある。そうではないか、円心殿？」

「そして誰もが、その弱味を衝いてくる」

「儂と組もうとは思わんか、赤松円心」

「誰とも組まぬ。それが悪党だとも思っている。この斬り合いは、めぐり合わせだ。お互い、そういう宿運を負っていたのだろう」

「むなしいのう、生きるということは」

「それでも、力のかぎり生きなければならぬ。生きようとする。こういう問答をくり返したところで、仕方あるまい」

「十七年の歳月を、この立合いに賭けねばならぬ。これも定めかのう。いまここで結着をつけておく方が、利巧なのかもしれぬな。お互いに、下風には立ちたくないのだ」

「都鄙名誉の悪党の剣を、拝見しよう」

円心が言うと、法念は鮮やかに太刀を鞘走らせた。ひと呼吸遅れて、円心も太刀を抜いた。

むかい合う。動かなかった。円心の太刀も法念の太刀も、峰に秋の気が載《の》りそうなほど、微動だにしなかった。

斬り合うことのむなしさは、何度も考えた。しかし、法念が出てくれば、悪党同士の対立にならざるを得ない。播磨を思う通りに動かして、大きな戦をするには、法念はやはり大きな障害なのだ。

気が満ちてくるのを、円心は待った。勝敗は、すでに頭の中から消えている。剣が、剣ではない別のなにかに見えてきた。生きている。そう思った。徐々に、気配が満ちてきた。潮合《しおあい》。まだだ。そう思った時、法念の剣が静止を破った。無意識に、円心は踏み出していた。二人の、立っている位置が入れ替った。

法念が、肩から血を流している。円心はどこも斬られていない。法念の傷は深くはないが、出血だけが激しかった。法念が、また踏み出してくる。躰に引きつけられた剣が、白い光となって円心を襲った。立つ位置が、また入れ替った。法念の直垂《ひたたれ》の袖が垂れ下がり、腕から血が噴き出してきた。円心は、直垂の胸のところを、わずかに切り裂かれただけだ。むかい合った法念は、表情をまったく変えていない。ただ、出血が疲労を倍加させているのか、呼吸が多くなっている。

法念の眼に、なにかがよぎった。けものの眼。そう思った時、風に乗って斬撃が来た。全身全霊が、剣の先に籠められている。弾かれたように、円心は後ろに跳んだ。法念の剣先が、円心の直垂を縦に切り裂いた。剣を振り降ろした勢いで、法念が膝をつく。円心は、頭上の剣を渾身の力で振り降ろした。地面すれすれのところで、かろうじて剣は止まった。肩から胸にかけて斬り下げられた法念が、全身を赤く染めながらも、倒れずに剣を構えていた。ひとしきり対峙が続いたあと、法念は剣先を地面に突き立て、尻をついた。

「血が多く出すぎた。立っておれぬわ」

言葉に乱れはなかった。法念の蒼白な顔には、かすかな笑みが浮かんでいる。

「相討ちを覚悟の一撃がかわされた。これ以上、見苦しく斬り合っていたくはない」

「そうか」

声を出すのがようやくというほど、円心の呼吸は乱れている。

「十七年の間に、儂に代る悪党が育つのは当たり前だな。これほど乱れた世だ。いつまでもおのれが一番の悪党と思いこんでいた自分を、嗤《わら》いたくなる」

「首を、落とさせて貰うぞ」

「時が来るまで山中にひそむ。そう考えた時から、村にいて代官どもとやり合いながら大きくなろうとしたおぬしには、負けていたのかもしれぬ。悪党らしいおぬしの戦ぶりを、あの世から見物させて貰おう」

「播磨の悪党は、河内や伊賀《いが》の悪党に負けはせぬ」

頭上に差しあげた剣を、円心は振り降ろした。

「斬るには惜しい相手だったのではございませぬか、お館様。われらも、このお方には、多少心が惹《ひ》かれました」

草を掻き分けるようにして出てきた、浮羽と黒蛾だった。

「館の二人の従者の始末はして参りました。二人ともなかなかの手練《てだ》れでございましたが、黒蛾もこのところ腕をあげております」

「赤松村へ帰る。寺田法念の屍体は、このままでよい。野で朽ち果てていく。それがこの男には似合っている。そして儂にもな」

半里離れた林の中に置いてあった馬を、黒蛾が曳いてきた。

黙って、円心は手綱を受け取った。

3

大塔村《おおとう》での滞留は、一年以上にわたった。

頼季は、その間に何度も伊賀や熊野に出かけていった。一度などは河内に潜入し、楠木正成とも会った。

尊雲法親王は、吉野と大塔村の間を、何度か往復しただけである。吉野の要害の地に、城が築かれていた。頼季は、忙しく飛び回っていたため、まだそれを見ていない。法親王のそばにいる則祐から聞かされるだけだ。

各地に散った者たちからの知らせも、大塔村の御所に届けられた。隠岐の帝とも、なにかのかたちで連絡がついたようだ。

大塔村の所在を六波羅に探られないために、畿内の方々から令旨を運んだ。それに応じる武士の動きは、いまのところない。帝を隠岐へ配流するという幕府の強硬な姿勢が、武士を萎縮させていた。それに、方々から発せられる令旨が、信用されなかったということもある。

「これより、尊雲はひとりになる。ここにわれありと、幕府にも、われらに従おうという志を持った者たちにも、知らしめねばならぬ」

法親王が、御所の広間に頼季らを集めて言ったのは、十一月に入ってからだった。叡山から供奉《ぐぶ》してきた者に、あとから追ってきた者も加えて、三十二名の総勢だった。その三十二名は、この一年間、畿内から山陽山陰にいたる地域を、とにかく歩き回った。在地の武士、悪党、溢者、山の民に、倒幕を説き続けてきたのだ。何人かは、六波羅の知るところとなり、命を落とした。

どれほどの効果があがったのかは、まだわからない。法親王が倒幕の兵を挙げた時に、それははっきりするだろう。

「私は還俗《げんぞく》して、護良《もりよし》となる。吉野において倒幕の兵を挙げ、全国に号令する」

どよめきが、広間を包んだ。

挙兵という文字が、頼季の頭の中で躍《おど》った。その言葉だけを、待っていたのだと思った。勝てるかどうかは、わからない戦である。幕府方の強さは、動けば動くほど身に沁みた。しかし、戦がしたかったのだ。戦の中でこそ、生きている自分をよりはっきりと感じることができるだろう。

「四日後、吉野にむけて出立する。われらと時を同じくして、楠木正成も河内にて兵を挙げる。楠木は充分に仕度を整えた。われらもまた、なすべきことは全力でなしてきた。これよりは、闘うだけだ」

大塔宮《おおとうのみや》護良親王となった法親王の言葉は、低く淡々としていた。その静かさの中に、どういう時にも消えずに燃え続けてきた炎を、頼季は感じた。

「どうすればよいのだろう、頼季殿？」

広間から出た時、則祐が近づいてきて言った。則祐は以前から、ある女に大塔宮の行くところへは、どこへでも連れていってくれと頼まれていたのである。山の民の長《おさ》のひとりである麻雨《あさめ》の、一番下の妹になる朋子《ともこ》という女だった。御所の女たちをまとめるためにほかの村からやってきたが、すぐに大塔宮の寵愛を受けるようになった。

「案ずるな、則祐殿。男と女はどうにでもなるものだ。余計なことはせぬ方がよい」

「そうだろうか。御所様は、戦に行かれるわけであるし」

「その気になれば、御所様が伴われよう。連れて行かぬとなれば、これもまた御所様が言われ、朋子殿を納得させるであろうし」

則祐は女を知らない。以前から気になっていたことだが、忙しさにかまけて、教えてやるということもできなかった。

「妙《たえ》を、どうなさるつもりだ、則祐殿は？」

則祐が親しくしている大塔村の長の娘のことを思い出して、頼季は言った。親しくしているといっても、男と女でないことは傍目《はため》にも明らかである。

「あと四日ある、この村を発つまで」

「どういう意味だ、頼季殿？」

「男と女の間では、望むことが同じなら、男の方からなにか言い、なにかするものなのだ、則祐殿。誰が決めたわけでもなく、古来からそうなっている。山へ行くもよし、村の長の館でなすもよし。好きだと言い、手を握り、口を吸われよ。それからさきは、躰が動いてくれる」

「そのような」

「不謹慎ではないぞ。それが自然のことだ。ましてこれからは戦。則祐殿とて、いつ死ぬかわからぬ。戦には、死んでも悔いのないようにして出るものなのだ」

則祐は二十歳になっていた。赤松村にいたら、すでに何人かの女を知っているだろう。

「ほんとうに、そう思うか、頼季殿？」

「思う。御所様とて同じであろう。妙殿は性質のいい女子《おなご》だ。望むことをかなえてやるのが、男というものぞ」

則祐が黙りこんだ。あとは、本人次第である。頼季は、どこかへ出かけるたびに、女を見つけて抱くことをくり返していた。決めた女を作ろうとは思わない。どこに行こうと、女はいるのだ。

出立までの四日間は、思ったほど慌しくはなかった。むしろ、いつもの日々よりも静かで、それが逆に、これからはじまる戦の激しさを感じさせた。

御所の荷で、吉野へ運ぶものは山の民の手によって運び出され、残すものは残されている。大塔村の御所は、そのまま御所としてあるのだ。

山の民は、戦に出てくる者、兵站《へいたん》だけを受け持つ者と分れたが、畿内全域の山の民が倒幕の挙兵に力を貸すことは決まっていた。兵数にして三千ほどだが、貴重な中核の戦力にはなりそうだった。兵站をなす者は、一万余にのぼる。十人、二十人の山の民に説いて回ったことが、確かに効果があったのである。

出立の前日、頼季は麻雨に呼ばれた。

三千の山の民の兵は、麻雨がまとめている。五百は吉野の城に入れ、残りの二千五百は山中に展開させることが、すでに決まっていた。

「朋子のことだがな、小寺殿」

「御所様は、吉野に伴われるおつもりのようだが。儂も、それがいいと思う。下女を三人ばかり付けてくだされば、御所様の身の回りに御不自由はあるまい」

「それができぬ。朋子は、この村の御所に留めたいのだ」

「なぜ?」

「どうも、懐妊の気配がある」

「ほう、それは」

親王の子を身籠ることがどういう意味なのか、頼季は深く考えたことはない。麻雨の話も喜ばしいことだと思っただけだ。山の民の側では、もっと重大に考えていると、麻雨の表情を見て悟った。

「無理はなるまい。なにしろ戦じゃ」

「その旨、御所様に言上してくれぬか、小寺殿より」

「なぜ、麻雨殿がされぬのです」

「恐懼《きょうく》のきわみじゃ。どういう御沙汰が下るのか、私は怖れています」

「そのような」

めでたいことではないか、と言いかけた言葉を、頼季は途中で呑みこんだ。皇統の血をひくということは、自分には想像できないほど重大なことなのかもしれない。まして、古くから朝廷と繋がりがある山の民である。

頼季は頷き、機を見て御所の大塔宮の居室に出向いた。そばにいた則祐ほか三名の者は退出させ、二人だけでむき合った。

頼季が言上することを、大塔宮は眼を閉じて聞いていた。喜んでいる。見ていて、頼季にはすぐわかった。

「吉兆じゃのう、頼季。躰をいとうよう、朋子には儂から言っておこう」

大塔宮も、帝の皇子であることを除けば、普通の男だった。それは、頼季がこれまで感じていた通りだ。

事件と言えばそれぐらいのもので、出立の朝になった。

大塔宮護良親王に供奉する者、三十二名。それを三百の山の民の兵が警固して、吉野にむかう。二百は先発していた。

村人が見送りに出ている。則祐は落ち着かない素振りで、その人の群に視線を漂わせていた。村のはずれの、岩のかげに、赤い単衣《ひとえ》を着た妙の姿が見えた。則祐の視線が、そちらをむいて動かなくなった。妙も、則祐だけを見つめている。

やればできるではないか。頼季は口の中で呟き、笑い声をあげたい衝動を、なんとか抑えこんだ。

一行の先頭は、すでに山の岨道《そばみち》にさしかかっている。

雪にはまだ早く、行軍になんの難儀もなかった。途中、二ヵ所の山の民の村に寄り、吉野に入ったのは二日後だった。

にわかに、戦陣の気配が強くなった。こういう空気の中にいることが、頼季は嫌いではなかった。ここから、なにかがはじまっていく。そう思うと、止めようもなく心がふるえた。

全国に令旨が発せられた。いままでのように、倒幕の兵を挙げよ、というだけの内容ではない。吉野に挙兵した大塔宮に応じよ、という令旨である。倒幕の志さえ持てば、拠って立つ地はこの吉野にあるのだ。

河内千早《ちはや》城で、楠木正成が再び兵を挙げたという知らせが届いた。大塔宮の挙兵と時期を合わせたもので、楠木軍は本拠赤坂城の奪回を目指しているという。隠岐の帝との連絡もついているらしい。

吉野では、連日城の構築に忙しかった。大きなところはできあがっているが、細かいところはこれからなのである。幕府が、大軍を送ってくることは眼に見えていた。それまでに、できるかぎりの防備を整えなければならない。

則祐と頼季が、大塔宮の御座所となっている蔵王堂に呼ばれたのは、十二月も中旬に入ってからだった。

「父は、倅《せがれ》が行ったからといって、挙兵するような男ではございませぬ」

播磨へ行けという大塔宮の命を聞いて、口を開いたのは則祐だった。円心の動向は頼季も気にしていたが、自分は吉野で闘うものだと思いこんでいた。不満は、則祐と同じである。

「そうではない」

大塔宮の声は穏やかだった。声が穏やかな時、心に波風が立っているということを、頼季はよく知っている。円心が、いまだ動こうとしないことに苛立っているのか、と頼季は思った。

「河内では、楠木が立った。播磨で赤松円心が立てば、京に二重の圧力をかけることができる。そして、赤松円心は必ず立つ、と私は思っている。この一年の、円心の動きを私はつぶさに見てきた。すべてが、挙兵という一点にむかっている、と私は思う」

「いずれ、父は必ず挙兵いたしましょう。ならば、それがしが播磨へ行くのは、意味のないことではないでしょうか?」

「そうではない、則祐。おまえが父とともに闘うことで、吉野がともにあるということになるのだ。赤松円心のそばにおまえがいれば、私は安心できる。私の分身がいるようなものだからだ。頼季は、私と播磨の間の、連絡の任に当たれ」

分身と言われて、則祐は反論できなくなったようだ。頼季も、黙っていた。確かに、則祐と自分の存在が、大塔宮と円心の連合を強固なものにする。

「そう遠くない時に、六波羅はここに大軍を送ってくるだろう。関東からも、さらなる大軍が上洛してくることは間違いない。この挙兵だけで幕府を倒せると、私は思ってはおらぬ。どこにいようと、赤松円心とは繋がっていたい。そのためには、おまえたち二人が必要となる」

大塔宮の心の波風は、あるいは恐怖から来ているのではないか、と頼季はふと思った。幕府が大軍を送って来るとすれば、二十万、三十万になるだろう。それに対して、倒幕の軍は、いまのところ数千である。ひと揉みに押し潰されることも、充分に考えられる。

もし捕縛されるということになれば、帝やほかの皇子たちのように、どこかへ流されるだけで済むのか。それとも日野俊基のごとく、斬られるのか。

それに対する恐怖よりも、倒幕の動きそのものが潰《つい》えてしまうことに対する恐怖である、と頼季は思いたかった。いまは、大塔宮だけが、倒幕の拠りどころなのである。

大塔宮の激しさを、頼季はよく知っていた。その激しさの裏側にある、脆《もろ》さのようなものも知っていた。それが時として、ひとつの方向だけに宮を走らせることもある。

「納得したのか、頼季殿は？」

蔵王堂を退出してから、則祐が訊いてきた。

「父上がまことに兵を挙げられるなら、父上のそばで闘うべきなのかもしれない、と儂は思う。だが、まだ兵を挙げられたわけではない。行って無駄足ともなりかねぬわ」

「今度は、お館も腰をあげられそうな気がする。なんとなくだが、そう思える。お館の心は、お館でなければわかるまい。これ以上考えるのこそ、無駄というものだ」

「しかし、兵を挙げられなかったとしたら」

「負けることを考えたことがあるか、則祐殿?」

「闘う以上、負けなど考えぬ」

「御所様は、そういうわけには参るまい。吉野も河内も潰れた時どうするか、ということもお考えにならなければならぬ。御所様なしに、倒幕の兵を再び集めることなどできぬからな。その時、播磨なのだと儂は思う。播磨に落ちられ、そこで再起を図られればよい。笠置山が落ちた時のことが、身に沁みておられるのだろう。だから則祐殿は、播磨にいて、儂が御所様との間を往復していればよいのだ。戦に勝てば、そのまま双方から京を攻めることもできるし」

　則祐は、それでも納得した表情をしなかった。ただ、すでに命は受けたのである。

　二日後、則祐と頼季は、雪の舞う吉野を発った。

4

吉野と較べると、播磨は暖かかった。

「ほっとするな、播磨に入ると。やはり、生まれた場所だからかな」

頼季が言うと、なにを暢気《のんき》なという表情で、則祐が見返してきた。暢気な道中をしてきたわけではない。眠る間も惜しんで、ここまでやってきたのだ。吉野と河内の倒幕の挙兵は、すでに各地に伝わっていて、頼季が最も警戒していたのは、六波羅の手の者に捕えられることだった。

ここまでは、咎《とが》められることもなくやって来た。吉野や河内で、大きな戦があったという噂も、まだない。

「御所様は、いつ戦場に立たれるのかわからぬのだぞ、頼季殿」

「吉野を攻めるとなれば、五万に達する大軍であろう。六波羅が、すぐそれだけの軍勢を集められるとも思えぬ。鎌倉とのやり取りに忙しかろうよ。それから軍勢を組織して攻める。まずは一月の終りと、儂は見ている」

「その時、頼季殿は吉野か」

「則祐殿もな。播磨にいよと御所様は命じられたが、お館は則祐殿を吉野へ帰すような気がする。歩きながら考えたことだが、これは微妙なやり取りだな。儂などに、お二人の心の底の底までは読めぬが、則祐殿自身が、令旨以上の役目を負っているという気がする」

「だから、儂が吉野に帰されると？」

「なんとなく、そうなるような気がするだけよ。だからといって、お館はいつまでも則祐殿を御所様のそばに置いてもおくまい」

「また、播磨に戻るのか？」

「そうやって、御所様とお館の絆が深くなる。則祐殿が絆であろう。儂にはできぬことだ」

「わからぬ」

「考えるな。すでに事ははじまっておる」

急ぎ足だった。ただ村に入った時は、怪しまれぬよう、歩調を緩める。播磨に入ってからも、それは変らなかった。

「思い出したな」

「なにを？」

「昔、播磨に寺田法念という悪党がいた。昔といっても、十七、八年前のことかな。派手に暴れた男であった。播磨の悪党は、みな寺田法念のもとに集まったな。幼かったが、儂もなんとなく憶えている。世を救う男が現われたのだと、本気で思ったものよ」

「名だけは、儂も聞いたことがある」

「則祐殿は、まだ三つかそこらであったろうが、儂などは悪党に憧れ、代官を討つ夢を見たものだった。それを、寺田法念はやったのだ。播磨を、ひと時は制したと言ってもよい。だがやはり、六波羅は強かった。じりじりと押され、最後は一族みな果てた」

「それも、聞いている」

「播磨の悪党がみな寺田法念のもとに集まった時、ひとりだけ与力しなかった。それがお館だ。あそこで与力していたら、赤松一族も悪党として討たれていたであろう」

「父に、時を見る眼があったと言いたいのか。儂は時々、父が臆病なのではないかと思うことがある。今度も、挙兵するかどうかわからぬ。命がけで、説いてみるつもりではいるが」

「臆病ではないな。決して臆病ではない。お館は、まことの悪党なのだ。人のためには動かぬ。人に動かされもせぬ。立つ時も、義のためでなく、おのがために立つのが、まことの悪党なのかもしれぬぞ。義さえも、おのがためのものにしてしまうのが」

「そうやって、この腐った世を生きていくのか。儂はいやだ」

「お館がどう生きるのか、則祐殿は眼をそらさず見るしかあるまい。なんといっても、父なのだ」

「父にも志がある、と儂は思っている」

「志は誰のためにある。志を辿《たど》れば、おのが心の野望に行き着いてしまう。おのがために志を持つ。人とはそういうものであろう。お館は、そこで嘘をつけぬ。正直なのだ。儂はそんな気がしてきたな」

「とにかく、歩くことだ。いまなさねばならぬのは、令旨を父に手渡すことであろう」

投げ出すように、則祐が言った。

頼季は、なぜ寺田法念のことを思い出したのか、考えていた。寺田法念が生きていれば、楠木正成よりも早く兵を挙げたに違いない。そして、播磨の悪党を従えただろう。円心にはないなにかを、寺田法念は持っていた。だから、六波羅は寺田法念を叩き潰した。

円心には、寺田法念にはない、なにかがあるのか。そのなにかが、今度は円心を動かすのか。円心が動くようなら、大塔宮の倒幕の挙兵は成功するかもしれない、と頼季は賭けるような気持になった。

いつの間にか、西播磨に入っていた。

高田庄《たかだのしょう》を避け、北へ迂回するようにして佐用庄に入った。高田庄には、高田兵庫助《ひょうごのすけ》がいて、悪党に眼を光らせている。

赤松村は、のどかなものだった。

円心は館にいて、則祐と頼季はすぐに居室に通された。剃髪しているが、いつものように直垂姿だった。新しい女を侍《はべ》らせている。まだ十五、六の娘のようだ。

「大塔宮様の令旨とな。それを、おまえたち二人が持参いたしたのか？」

「ほかに、御所様直筆の書状もございます」

円心の前に出て、則祐はかえって落ち着いたようだった。円心が令旨と書状を読むのを、じっと見据えている。

円心の表情は、まったく動かなかった。

「則祐を、儂のそばに返すと言われるか」

「それがしは、吉野にて闘うことが望みでありましたが、御下命とあらばどうしようもありません。かくなる上は、父上のそばで闘いたく思います」

「慌てるな」

円心の表情が動き、口もとに笑みが浮かんだ。書状になにが認《したた》めてあるのか、頼季にはまったくわからなかった。

「急ぐ旅だったのであろう。しばらくは館で休むがよい。それにしても、則祐は大きくなったものだ。躰だけでなく、人間も大きくなっていればよいが」

「父上、令旨に対する返答を、頼季殿が吉野へ持ち帰ります」

「慌てるなと申したであろう、則祐」

「事は、急を要します。幕府の大軍が、いつ吉野を襲うかわかりません」

「儂の返答が早かろうと遅かろうと、儂が立とうと立つまいと、吉野は幕軍に襲われる。そうではないか、則祐？」

「それは」

「いまのところ、吉野と河内に数百が籠る拠点が二つある、ということにすぎぬ」

円心が腕を組んだ。

頼季は息を呑んだ。眼の底で、なにかが燃えている。それがはっきりと頼季には見えた。圧倒するというより、思わず引きこまれてしまいそうな炎だ。

「令旨はわかるが、この書状はなんとしたことだ、頼季？」

「はっ？」

「山門の蟬の声、とある。儂が叡山を訪ねた折のことを忘れておられぬのはわかるが、それ以外のことはほとんどない。長く則祐をそばに置いてくれたと、礼の言葉を認《したた》めておられるだけだ」

「いまの倒幕の挙兵は、蝉の声のように山を覆っていても、夏が過ぎると静まってしまうという、謎ではございませんか？」

「儂になぜ、謎をかけねばならんのだ？」

倒幕の令旨だけで、充分に意味は伝わる。書状の意味が、手渡された時から頼季にもわからなかった。

「懐かしんでおられるのかのう。儂も、あの折のことを思い出すと、必ず蝉の声が聞えてくるわ」

「父上、書状のことはよろしゅうございましょう。令旨に対する返答を頂戴いたしたいと思います」

「則祐、おまえはこの円心の三男ぞ。返答を貰うという側ではなく、返答する側なのだ。それを忘れるでない。忘れないようにして、吉野へ戻れ。座主《ざす》様、いや大塔宮様には、円心が蝉を一匹お返しします、とお伝えせよ」

「どういう意味です？」

「意味は考えなくてよい。おまえが吉野に戻ることが、書状に対する返書だ」

「父上のもとで闘え、と命じられております」

「どこで闘おうと同じだ、則祐」

「ならば、父上が挙兵されると、宮にお伝えしてもよいのですね？」

「言葉に、どれほどの重さがあるのだ、則祐。口で挙兵するというのは、たやすいことよ」

「ならばそれがしは父上のもとにいて」

「もうよせ。儂の言う通りにせよ」

さらに言い募ろうとした則祐を、頼季は止めた。

円心は立つ。円心の躰全体から漂ってくるなにかで、頼季ははっきりとそう感じた。則祐をまた吉野に戻すというのも、円心と大塔宮の間だけに通じる、なにかがあるからなのかもしれない。

「明日、吉野に戻ります」

「そうか。御苦労であった」

それきり円心は眼を閉じ、則祐と頼季が退出する時も開こうとしなかった。

あてがわれた居室に入った時、頼季はかすかな気配を感じて身構えた。

「何者だ？」

低く言った。則祐も、すぐに組み打てる姿勢をとっている。

「赤松円心様の手の者にて、浮羽と申します」

背中に声をかけられ、頼季はふりむいた。黒装束の小柄な男がひとり、片膝をついていた。殺気はない。それでも、背中に冷たいものが走った。

「お二人のそばにいることによって、大塔宮様もお護りする。そういう命を受けております。幕府は、大軍を吉野に送りましょう。それとは、ぶつかるしかありません。しかしそれ以外のものからは、この浮羽が二人の手下《てか》とともにお護りいたします。それほど長い期間ではない、と円心様は読まれております」

大塔宮の暗殺があり得る、ということなのだろう。そしてそれは武士によるものではなく、浮羽のような者の手によってなされる。大塔宮の警固には、常時五、六名がついているものの、忍びに対する備えはなかった。

「われらは、たったいまお館と会ってきたばかりだ。おまえがそういう命を受けているということは、われらがここへ来ることが、前からわかっていたのか？」

「お二人が、播磨へ入られた時より」

「まことか？」

則祐が、浮羽に近づいた。

「時にお眼障りかもしれませぬが、しばしおそばにおります」

さらに則祐が近づこうとした時、浮羽の躰は音もなく後退し、部屋から消えた。

5

貞範と景満と光義が揃った。

則祐と頼季は、何日か前に吉野に着いているだろう。二人が来てからの数日を、円心は居室に籠って過した。

考えていたのは、大塔宮という人物についてである。書状の中に、かすかな不安が滲み出していた。一度会っただけの円心にも、そうやって心の底を垣間見せるほど、率直なところがある。この率直さが戦にむけば、かなり強力なものになるだろう。率直な戦は、人を魅きつける。

しかしその率直さは、一面の弱さでもあった。どこで、その弱さが出てしまうのか。戦の場ではない、という気がする。戦は、多分果敢に闘うだろう。内なる激しさと弱さの折合いをつけなければならないのは、もっと別な場面になるはずだ。

年も押しつまっていた。

持ってあとひと月ほどか、と円心は吉野を見ていた。このひと月の間に、なにかが起きるのか。いや、それを起こすのこそが、自分がなすべきことだろう。

大塔宮が倒れてしまえば、倒幕の流れは細い小さなものになる。そうなれば、自分が動く場所はまたなくなり、佐用郡の悪党でいなければならない日が、何年も続くに違いなかった。

「貞範、一族の者をすべて参集させるのに、どれほどの時がかかる？」

三人を等分に見据えて、円心は言った。

「四日でございましょうな。無論、戦仕度の上でございます」

「年明け十日までに、三ヵ所に分けて参集させよ。郡代、代官に知られてはならぬ」

「わかりました」

「光義、絵図を」

拡げられた絵図に、円心はしばらく見入った。

「佐用郡の郡代の館を、一月十日に襲う」

挙兵する、ということだった。大袈裟な言葉は、この三人には必要ない。荷駄を襲うと言うようなものだった。

「佐用郡の郡代も、庄の代官どもも、問題はあるまい。何年もかけて、腑抜けにしてきたのだからな。高田庄の高田兵庫助は手強いかもしれぬ。これは、儂が兵を率いて潰そう」

「わかりました」

「苔縄《こけなわ》に城を築き、旗を揚げるのは一月二十日というところか。播磨の野伏りや溢者が集まるのを待たねばならぬ。その兵糧なども必要になる」

「しかし父上、一月二十日までに城を築くには、数百の手が要ります」

「城は、土塁と逆茂木《さかもぎ》でよい。楠木正成のごとく、城に籠ろうという気はないのだ。それはもう、楠木正成がやっておる」

「ならば、播磨じゅうを荒らし回りますか」

「貞範、これからは悪党として戦はせぬ。義軍でなければならぬ。義軍には、なにを目指すのかはっきりしたものが必要であろう。忘れるな、心は悪党であっても、われらは義軍なのだ」

「では、なにを目指されます？」

「京だ」

言って、円心は三人の顔を見回した。景満以外は、驚愕の表情を浮かべている。

「儂は、京にむけてひた走る。目指すものとして、これほどはっきりしたものもなかろう。城に籠って倒幕を叫ぶのとは別の、新しい流れを作ることもできる」

「しかし、六波羅には数万の軍勢がおりましょう。お館は、これをひとりで相手にされると言われますか？」

「戦は、思いきりじゃ、光義。考え抜いた末に思いきれば、あとはすべてを賭けるのみ」

「関東から、数十万の大軍も上洛してくるという噂でございますぞ」

「幕府がひとつにまとまっていれば、これは手強いなどというものではあるまい。土塁に、蟻《あり》が一匹とりついたようなものじゃ」

「幕府は割れる、とお館は見ておられますか？」

「わからぬ。割れる。割れなければ、われらに勝機はない。だから割らなければならぬが、割れるかどうかも、やはり時の運だ。つまり賭けということになる。それ以外に、われらに戦の方法はないぞ」

「しかし、播磨を手中にしてというわけには参りませんのか？」

「光義、儂は赤松村で、長く時の移りを見つめてきた。それを見つめながら、一生を終えるのかと考えたこともあったほどだ。ひとつだけ、儂に言えることがあるとすれば、動きはじめたら、時の流れは速く激しいということだ。誰にも予測などできぬ。止めることもできぬ。人は、その中で喘《あえ》ぎながら泳ぐだけだ」

「それほどの時の流れが、これから起こると言われますか？」

「いや、すでに流れはじめておる。儂はそれを、躰で感じている。これだけを待っていた、と言っていいであろう。ついに来た。儂の一生が終らぬうちに、ついに来た。あとは、思うさま、泳ぐだけじゃ」

光義も貞範も、じっと円心を見据えてきた。景満だけが、眼を閉じている。

「よいな、ひそやかに動け。それから景満、尼崎へ行って来い。京へひた走るためには、尼崎がなんとしても必要になる」

「どこに城を築くか、どうやって武器や兵糧を補給すればよいか。すべてを整えて、一月十日までには戻って参ります」

円心が頷いた。

三人が退出してからも、円心は長い間、播磨や畿内の絵図に見入っていた。

年が明け、すぐに五日、六日と経った。

西播磨一帯は静かだったが、なにか違う気配が漂いはじめた。野伏りや溢者も、それを感じとっているのか、息をひそめている。

三ヵ所に分けて参集させた一族を、赤松村に集めたのは一月十二日だった。

総勢で五百余。すでに、溢者も加わりはじめているようだった。

「赤松一族は、ここに総力をあげて、播磨に義軍を募る。一族の命運をかけた戦だ。目指すは京。死すまで闘え。死んでのちも、魂で闘え。いまこそが、天に与えられた時ぞ」

馬上から言い放った円心の言葉に、鯨波《とき》が答えた。

そのまま馬を降りず、円心は二百を率いて出撃した。残りの三百は、佐用郡の各庄を襲うことになる。

巴の旗を掲げた。大塔宮の令旨を推戴《すいたい》していることを示すために、錦旗も掲げた。千種《ちくさ》川沿いに南へ二里で、高田庄である。

高田兵庫助が、軍勢三百を集め、陣を組んでいた。

「怯《ひる》むな。矢を射かけよ。途切れることなく、矢を射かけるのだ。騎馬は儂に続け。搦手《からめて》より攻める。騎馬がぶつかった時、徒《かち》も総攻めにかかれ」

勝敗は一瞬だった。守る側と攻める側の勢いの差が、はじめのぶつかり合いから出た。しかも敵は騎馬が十ほどで、こちらは三十騎いる。

円心は太刀を抜き放っていた。騎馬を三名、瞬時のうちに倒し、徒の中に躍りこんでいった。すでに敵の陣は崩れかけている。そこに、光義が率いる徒が突っこんできた。高田兵庫助が、馬首をめぐらし、逃げようとしている。徒に阻まれて、思うように動けないようだ。円心は馬を寄せた。円心に気づいた兵庫助が、太刀を振り翳《かざ》してくる。それを撥《は》ねのけ、円心は地面から木の苗でも引き抜くように、兵庫助の躰を鞍から引き抜いた。肩に担いだ時、兵庫助の首は半分落ちかかっていた。

屍体を担ぎあげたまま、円心は戦場を一直線に駈け抜けた。

光義が、追撃の下知を出している。半里ほど追い、四十人を倒した。冬枯れの高田郷の原野が、赤く染まり、方々に花が咲いたように見えた。

「兵をまとめよ、光義。赤松村へ、いや苔縄城へ帰る」

戦は束の間で、緒戦の勝利は得た。さすがに、景満が日夜山中で鍛えた兵である。溢者や野伏りを混えずに闘わせると、槍のように鋭い。

佐用郡の郡代の館や各庄の代官の館は、すでにことごとく焼かれていた。

苔縄の土塁に、巴の旗を立てた。武器や兵糧が運びこまれている。

「これで、六波羅がどう出てくるかです」

貞範が、弾んだ声で言った。

赤松円心挙兵の報が、どれだけ早く播磨に行きわたるかを、円心は考えていた。それが行きわたるまで、苔縄を動くことはできないだろう。

郡代や代官の館から奪った兵糧が、苔縄城のそばに集められた。それはおびただしい量にのぼり、山陽道を尼崎にむけて運ばれていった。

三日経ち四日経つと、各地の野伏りや溢者が集まりはじめた。一月二十日に、それは一千余に達した。

「やはり、備前の守護が、追討の命を受けたようです」

景満が報告に来た。

三石《みついし》城の伊東宣祐《のぶすけ》が、守護の軍勢二千を率いて船坂峠《ふなさか》まで進んでいると知らせが入ったのは、翌二十一日だった。

「全軍で、備前勢を討つ。貞範は、南の帆坂峠《ほさか》から後方に迂回せよ。騎馬のみでよい。開戦は、二刻後。すでに播磨に赤松円心ありと知れわたっていよう。及び腰の敵だ。無闇に殺すことはない」

苔縄から船坂峠の二里余の道を、円心麾下《きか》の軍勢は半刻とちょっとで駈けた。それが四百。溢者や野伏りが追いついてくるまでに半刻以上あり、その間に麾下を峠道の両側に配置した。

追いついてきた野伏りは、七、八百というところか。その中のましな者を、光義と景満が一ヵ所に集めた。およそ七十である。

「おまえたちは、一軍の将だ。後ろにいる数百の者どもを率いて先頭に立て」

貞範が騎馬で出てからぴったり二刻後に、円心は太刀を振った。野伏りが突っこんで行く。なかなかの勢いだった。二千とぶつかり合ってしばらく持ちこたえ、それからじりじりと後退してきた。

「弓」

機を見て、円心が言った。峠道の両側の林から、四百が湧き出してきた。一斉に矢を放ちはじめる。

「おう、あの強弓《こわゆみ》は佐用範家《さよのりいえ》か。弓隊の頭に持ってくるとよい。これからは、弓が大事になろう」

「すでに、弓隊の頭にしてあります」

景満が答えた。散々に矢を射こまれて、敵は立往生していた。陣形もなにもなくなっている。退きはじめた。勢いを盛り返した野伏りが、また押しはじめた。

敵の背後で、砂塵があがった。貞範の騎馬八十。それに二百ほどの野伏りがついているようだ。

敵が武器を捨てはじめる。殺すな、と叫びながら景満が馬で駈け回った。

伊東一族の伊東宣祐は、矢を数本射立てられて死んでいた。ほかに指揮を執ろうとする者はいなかったようだ。

四十名ほどの将を集め、手負いの手当てをしてやった。その中に、伊東惟群の姿がある。惟群はうつむいたまま、円心と顔を合わせようとしなかった。数年前、惟群の顔を斬りあげたのは、円心自身である。

「守護の命で、仕方なく出てきたのであろう。伊東宣祐には気の毒なことをした。それぞれの家へ帰るがよい。そしてできることなら、守護の命を無視せよ。背反までせずとも、せめて無視せよ」

「待たれよ」

円心が背をむけようとすると、惟群が声をあげた。

「伊東一族を、軍勢に加えていただきたい。叔父の宣祐は、老いの一徹でありましたが、これで思いは果せたでありましょう。伊東一族も、倒幕の義軍に加えていただきとうござる」

「伊東惟群か。一族をまとめる自信が、おまえにあるか？」

「まとまっており申す。叔父の宣祐は父代りゆえ、逆らえなかっただけです」

「わかった。三石城を固めよ。儂は東上する。背後が固まっていてこそ、できることだ。西からの幕府方の進出を、三石城で食い止めてくれ」

「それは、義軍に加えていただけるということですか？」

「当たり前だ。しかも、大事な殿《しんがり》を任せようというのだ」

「承知」

叫ぶように、伊東惟群が言った。

「苔縄へ引き揚げる。軍容を整え直して、京へむかわねばならぬ」

船坂峠から苔縄までの原野を、円心は先頭を切って駈けた。

「景満、貞範の騎馬隊についていたのは、河原弥次郎の野伏りだな？」

「勝手に、ついてきたようです」

「弥次郎に、野伏り二百を付け、ひとつにまとめさせよ。野伏りの中核に、その二百を置くのだ。集まってくる者どもを、そうやって少しずつ組み入れていく」

「ほかにも二人ばかりに、百ずつ付けてござる。野伏りどものことは、お館が気になされずとも、それがしがうまくやります」

「大事な戦力だぞ」

「やがて、河原弥次郎を、野伏りの大将にするつもりです。野伏りの中のましな者は、お館の麾下にも加えます」

「よし」

陽が落ちかかっていた。冷気は厳しいが、それが肌に心地よかった。

これからが、おのが運を賭けた戦である。京までひた駈けることができるか。楠木正成とは違う流れを、作り出すことができるか。それによって、時の流れをおのが手に握り、なにかを決するところにも立つことができるのだ。

「景満」

ぴったりとついてくる景満をふり返って、円心は言った。

「いい気持だ」

「はい」

景満の返事は、幼いころのように初々しく円心の耳に届いた。

第五章　原野の風

1

十日ほどの間で、苔縄《こけなわ》城に集結した武士、野伏《のぶせ》り、溢者《あぶれもの》は三千に達した。

そのすべてが、実戦で使いものになるかどうかはわからない。景満《かげみつ》と光義《みつよし》が、それを見きわめていく。最後は、二千にも満たぬ数しか残るまい、と円心《えんしん》は思っていた。

「武士の中には、かなりの数の御家人《ごけにん》がいるそうだな、光義？」

苔縄城は赤松《あかまつ》村から半里と離れていないが、挙兵以来円心は一度も館《やかた》へ戻ってはいなかった。館は、六波羅探題《ろくはらたんだい》のあらぬ嫌疑を招かないために、戦《いくさ》にはおよそむかない造りにしてあった。

「百名近くの御家人が、義軍に加わりたいと申しております。景満殿は、それを喜んではおられないようですが」

光義には、武士が世を作っていく、という意識が強い。野伏りや溢者は、戦の時の頭数と考えているところがある。景満は、幕府を離反した御家人を、口に出さないまでも裏切者と思うだろう。光義は大義に眼をむけ、景満は信義に眼をむけるのである。

苔縄城の、小さな小屋だった。ほとんどの場合、円心はそこにいる。小屋の周囲の動きは、活発だった。ここに籠城すると思っている兵も多いだろう。自分の考えが籠城にないことを伝えているのは、周囲の者たちにだけである。

「おまえと景満の競い合いだな。おまえも、御家人が加わってきたらそれを統率し、景満が集めた野伏りや溢者とは違うというところを見せればいいのだ」

景満のやり方をほめ、それによって光義を煽《あお》り立てる。これまでの円心のやり方なら、そうしただろう。いまは、敵愾心《てきがいしん》を煽る時ではない。敵は見えているのだ。

京へむかいたかった。これまで、待ちに待ってきたのだ。すでにはじまったからには、思い切り動いてしまいたい。だが、それまでにやらなければならないことも、円心にははっきりと見えていた。

「腰を据えて戦をやろうとすると、難しいな、光義」

河内《かわち》では、楠木正成《くすのきまさしげ》が活発に動いていた。一度奪回した赤坂《あかさか》城は、六波羅の大軍に攻められて放棄していたが、金剛《こんごう》山中の千早《ちはや》城は揺らぐ気配もない。おまけに河内、和泉《いずみ》を駈けめぐり、六波羅の勢力をほぼ追い出してしまっているのだ。

確かに千早城は大軍に囲まれていたが、逆に囲んでいる大軍が河内、和泉で孤立している、という状況さえ現出している。一昨年の赤坂城の挙兵以来の動きは、まさに瞠目《どうもく》すべきものがあった。一年半も、正成が戦い続けることができているのは、なぜなのか。

大和《やまと》で悪党の蜂起があったという知らせも入ったが、大規模なものではない。播磨《はりま》では自分の挙兵も、まだ大規模だとは受け取られていないだろう。

正成は、千早城を死守しながら、河内、和泉を制圧し、諸国の蜂起を待つという方法をとっている。それは円心に見えていた。六波羅にも見えているだろう。

正成とは違う闘い。正成が面を死守するなら、自分は線で敵を突き破る。そのための方法は、京へむかってひた駈けるしかないのだ。

備前《びぜん》、播磨の国境で、伊東惟群《いとうこれむれ》がかなりの人数を集めはじめていた。三石《みついし》城を拠点として、西からの幕府方の東上を止めるだけの力を持ちはじめた、と考えていいだろう。山陽道の、兵糧の手配も終った。

円心は、はじめて緊急の軍議を招集した。

小屋に部将たちが集まるのを待つ間、円心は畿内《きない》の絵図を見続けていた。吉野《よしの》が大軍に攻められて潰滅した、という知らせが浮羽《うわ》から入ったのである。大塔宮《おおとうのみや》は、なんとか吉野を落ち、高野山《こうやさん》にむかっているらしい。

「六波羅の大軍、五万がこの苔縄にむかっている。吉野は落ちた」

円心は、居並ぶ部将たちに言った。佐用範家《さよのりいえ》もいれば、野伏りの頭目であった河原弥次郎《かわはらやじろう》もいる。ほかにも景満と光義が部将として選び出したものが五名。

「吉野が落ちたというのはまことだが、六波羅の五万というのは、兵たちを試すためだ。五万と聞いて、逃げ出す者もおろう」

「お言葉だが、赤松殿。逃げ出す者も使い道があるのではありませんか。囮《おとり》の軍勢に使えるし、遠くの攪乱《かくらん》にも使えると思います」

河原弥次郎だった。死ぬための兵にも使える、とはさすがに言わなかった。

「決死の覚悟をした兵だけを率いて、播磨を発ちたい。おのが率いる軍勢がどれほどのものか、はじめに知っておきたいのだ。おまえたちも同じだ。自分に付いてくる者たちが、二百なのか、それとも百にすぎぬのか、知っておかねばならぬ。苔縄を出れば、あとは東へむかってひた駈けるだけだ。五万の六波羅勢の姿がなければ、また兵どもはどこからともなく湧き出てこよう。百が三百になり五百になるかもしれぬ。それでも兵は百と思い定めておれば、大きな誤りはおかさぬ」

挙兵の勢いで、そのまま東へ駈ける。五千や六千の兵を集めるのも難しくないだろう。一万に達するかもしれない。しかし、勢いだけで六波羅には抗し得ない。兵糧はどうするのか。武器はあるのか。六波羅にはいま、十万近い軍勢がいて、兵糧も武器もある。

「吉野が落ちたいま、播磨を出て東上するのはいかがなものでしょうか？」

武将のひとりが言った。

「決めたことだ」

いまだから、という言葉を円心は呑みこんだ。吉野攻略に当たっていた六波羅軍も、すべて金剛山の千早城にむかっただろう。正成さえ潰せば、各地の蜂起も終熄《しゅうそく》する、と六波羅は考えている。

しかし、正成は潰れまい。これまでの戦ぶりを見れば、少なくともあとひと月は耐え抜けるはずだ。ぶつかり合う勢力が、河内でひとつになろうとしているいま、別の闘いをはじめることには大きな意味がある。正成は、潰してはならないのである。

「これよりすぐに、吉野が落ち、六波羅軍五万が播磨にむかっていると、全軍に伝えよ。その五万を迎え撃つために、明日進発する」

城内の動きが、にわかに慌しくなった。

軍勢は、騎馬隊、弓隊、徒《かち》と分けられている。弓隊は、矢を放ったあとは、徒とともに行動する。そのため、貞範《さだのり》をはじめとする部将を、数名置いたのである。

小屋でひとりになると、円心はまた畿内の絵図に見入った。高野山にむかった大塔宮は、うまく逃れることができるか。逃れてのち、千早城の正成といつ合流できるのか。

「黒蛾《くろが》」

低く、円心は呟いた。いつの間にか、小屋の隅に雑兵《ぞうひょう》のなりをした黒蛾が控えていた。

「おまえは、今夜発て。摂津《せっつ》までは、何事もなく進めよう」

「敵の、懐《ふところ》に飛びこまれますか。それとも？」

「摂津に入ったところで、腰を据える」

六波羅勢との最初の戦は、兵庫《ひょうご》付近と決めていた。摂津から和泉か河内に抜けることは難しくないが、それでは千早城に近づきすぎるのだ。千早城を囲む兵を、できるかぎり引き離すことだった。しかも最初のぶつかり合いで敗れることは、河内にいる六波羅勢を勢いづかせることになり、許されないのだ。

「一万は出してこような」

関東武者か畿内の兵か、どちらが出てくるかによっても、戦のやり方は変えなければならない。そのためには、できるかぎり早くに敵の陣容を知ることだ。

「二日に一度は、報告に来い」

「御武運を」

黒蛾が、頭を下げて消えた。

夜半まで、円心は眠らなかった。

払暁《ふつぎょう》。馬蹄の響きがかまびすしい。城に入れない兵が、そこここに集まりはじめているようだ。

「二千というところでございましょう。六波羅勢五万というのが、兵たちにはかなりこたえたようです。およそ一千は、夜のうちに消えてしまいました」

「それでいい」

「二千を、大きく五つに分けております。弓隊が八百。徒が一千。騎馬が二百ほどになります」

一千の兵が夜中に消えても、報告する景満の表情に変りはなかった。

馬が少ない。それはわかっていた。五百頭は、すでに摂津に運びこんであるのだ。光義が具足を持ってきた。大袈裟な具足が、円心は好きではなかった。頭は頭巾で覆うだけである。

「行こうか」

小屋を出て、馬に跨《またが》った。数騎を率いた光義が先導していく。巴《ともえ》の旗。錦旗。旗は二本だけで、それ以外のものは無駄だと、円心は判断していた。鯨波《とき》はなかった。それでも、全軍が張りつめている。

城外に集まっていた兵も、動き出している。

苔縄城を、円心は一度もふり返らなかった。ここへ戻って籠城するようなら、それは自分の戦ではない。

晴れていた。風はまだ冷たいが、草原にはかすかに緑も見えはじめている。旗が風に鳴った。馬蹄に驚いた小鳥が、草原から飛び立っていく。

2

山道を駈けた。

まだ、敵を振りきったのかどうか、はっきりはわからない。高野山にむかっていることは、読まれているはずだ。

「南へ進めば、大塔村だがな、頼季《よりすえ》殿」

則祐《そくゆう》が追いついてきて言った。腕に浅傷《あさで》があり、則祐はそれを無造作に黒い布で縛っていた。

「御所様が、大塔村を戦場にすることを、望んではおられぬ」

「あの村は、要害の地だ。たやすく攻められはせぬぞ」

「あの村を戦場にするのは、最後の最後だ。それをよく考えられよ、則祐殿」

「しかし、ここまで来て」

則祐が、怯懦《きょうだ》で言っているのでないことは、頼季にはよくわかっていた。大塔宮を落とし、自分たちはここに留まり、追撃してくる敵を阻止する。つまりは、もうひと戦やろうということだった。

それほど呆気なく、吉野の砦は落ちた。

水に、難点があった。兵たちの飲み水こそは湧いていたが、それ以上の水はなく、火で攻められると防ぎようもなかったのだ。

攻め寄せてきた六波羅軍は、およそ一万五千。大将は名越元心《なごえげんしん》だった。大手から、波のように猛攻をくり返し、それを防ぐだけで精一杯だった。その時、背後から火矢が射こまれ、数百の兵が大塔宮の本陣である蔵王堂に突っこんできたのだ。火さえ消せていれば、と頼季も思う。

背後から襲い得たというのは、吉野の地形に詳しい者がいたのだろう。しかし、火さえなければ、迎え撃てる人数だった。

大塔宮は煙に満ちた蔵王堂で死ぬ覚悟を側近の者に伝えたが、浮羽が現われ、砦の外に大塔宮ほか三十数名を導き出したのだ。武士がひとり大塔宮を名乗り敵に斬りこんでいったというが、それが誰かも頼季は知らない。

それから二日、山中を逃げ回っていた。

大塔宮と楠木正成の首をとった者には、かなりの領地が恩賞として下される、という噂もある。身分の貴賤《きせん》を問わずというから、野伏りが大塔宮の首を取ったとしても、領主になれるのである。

「砦を攻めるのは、敵も人数さえあればよかった。しかし山中を引き回せば、それだけではどうにもならぬ、と儂《わし》は思う。いま、利はこちらにあるのではないだろうか」

則祐は、吉野が落ちたことがよほど心残りらしく、執拗に言い続けた。

大塔宮は、これからどうするのか、まだなにも言おうとしない。吉野の落城には、頼季や則祐より大きな衝撃を受けているのかもしれない。少なくとも三月、暖かくなるまでは、吉野に籠城するつもりだったのだ。

髪を乱し、烏帽子《えぼし》も被らず、なにかに憑《つ》かれたように、大塔宮は歩き続けていた。気軽に声などかけられない雰囲気が、全身から漂い出している。

「山の民はどうしたのだ、頼季殿？」

「もともと、吉野に兵糧を補給するのが役目であった。その吉野が落ちてしまったのではな」

「儂は、山岳戦をやればよいと思う。そうではないか、頼季殿。せっかく畿内に高まった倒幕の機運が、これでまた潰《つい》えかねぬ」

則祐と頼季は、一行の殿《しんがり》にいた。

激しい追撃を受けていた時は必死だったが、いまは話す余裕がある。吉野を背後から襲われたというのが、口には出さないがやはり衝撃だった。よほど地理に明るい人間がいなければ、できることではない。

前方の本隊が止まっていた。先頭に物見も兼ねて十名。中央に二十数名。殿《しんがり》が二人だった。ある程度の距離で、二人は足を止めた。大声は届く距離だ。

「父上が兵を挙げられた。これで播磨に拠点がひとつできれば、二方から京を脅《おびや》かすことができる」

則祐は、円心が播磨で楠木正成と同じように籠城する、と考えているようだった。頼季は、そうは思っていない。正成とは違う戦を、円心はやろうとするはずだ。頼季が知っている円心とは、そういう男だった。そして、正成に劣らぬ働きをするだろう。

「小寺《こでら》殿」

呼ばれ、頼季は則祐を制して駈け出した。

大塔宮が、うずくまっている。髪を摑み、額に筋を浮き立たせ、見開いた眼が血を噴いたように真赤だった。

「御所様」

大塔宮は、低い唸《うな》り声をあげているだけだった。

「御免」

頼季はとっさに太刀を鞘ごと抜き、大塔宮の首筋に叩きつけた。大塔宮の全身から力が抜ける。地面に触れないように、倒れる大塔宮を抱きかかえる。それから、背活を入れた。

「頼季か」

大塔宮の声は穏やかになっていた。

「失礼仕りました」

「正成が闘っておるというのに、われらは山中をさまよい歩くだけか」

「しばしの御辛抱を。一年も山中に潜んだ日々のことを、思い出されてくださいますよう」

「わかっている」

頼季を押しのけるようにして、大塔宮は立ちあがり、歩きはじめた。

頼季は、距離をとった則祐が近づいてくるのを待った。

「また、瘧《おこり》のようにふるえておられた」

激した感情が頂点に達すると、大塔宮はそうなってしまうのだった。うずくまって全身をふるわせない時は、周囲のものに太刀を叩きつける。

「首筋を打ったので、そうだろうとは思っていた」

「吉野が落ちたことを、よほど口惜しく思われているのであろう」

負けは負けとして、そこから別のことをはじめるということが、大塔宮にはたやすくできないらしい。ひとつの負けにこだわってしまうのである。笠置《かさぎ》山が落ち、帝《みかど》がとらえられた時もそうだったし、一年山中に潜んでいた時も、しばしばその発作を起こした。それは大塔宮の激しさとも言えたが、頼季には弱さと見えることもあった。

「戦の間、御所様がああなられることはない。違うか、頼季殿？」

「そのために戦をするというのも、おかしなものではないか」

「儂は、集まっていた兵たちのことが気になるのだ。吉野から四方に散って、いまはどこへむかえばいいのかどうかも、わからないに違いない」

「兵は、また集まる」

「儂は、性急すぎるのだろうか。若すぎるということだろうか？」

「耐えられよ、則祐殿。金剛山はいまだ落ちず、播磨ではお館《やかた》が兵を挙げられた。ここで急いで、万一のことがあったらどうするのだ。帝は、いまだ隠岐《おき》におわすのだぞ」

「わかった」

則祐はそれ以上なにも言わず、歩き続けた。吉野が落ちたことを悔やむのではなく、その後の闘い方を、則祐は考えている。そこが大塔宮と違うところだった。

半日ほど、歩き続けた。かなり迂回したが、高野山は近づいてきている。

先頭の十名が、本隊にむかって駈け戻ってくるのが見えたのは、夕刻近くだった。それを追うように、二十名ほどの野伏りがやってくる。

則祐も頼季も駈け出していた。

「御所様をお護りしろ。ほかの者は、二手に分れよ。背後にも備えるのだ」

太刀を抜いて、頼季は叫んだ。先頭を駈けてきた野伏りとぶつかり合う。

意外な敏捷さで、野伏りは横に跳び、太刀を低く構えた。全身に傷を負っている。それでも、闘志を迸《ほとばし》らせていた。

「野伏りではないな。何者だ？」

無言。太刀が返ってきた。臑《すね》を払うような使い方で、武士でもなさそうだった。

頼季は、横に跳び、もう一度踏みこむと見せかけ、それから一歩後ろに跳んだ。つられたように、男が踏みこんでくる。その動きの隙を、逃さなかった。再び踏みこんだ頼季の太刀は、男の胴を存分に薙《な》いだ。

手練《てだ》れが揃っている。しかし、ほとんど全員が手負いだった。なぜだ、と思いながら、頼季は次の相手と太刀を合わせた。そばで、則祐がひとりを真向から斬り下げ、その血《ち》飛沫《しぶき》が頼季にも降りかかってきた。大塔宮の雄叫《おたけ》びが聞えた。自ら斬りこむつもりか。冷たい汗が、頼季の背中に噴き出した。大塔宮の、ひた押しに押すだけの剣では、この男たちの術中に嵌《はま》る。しかし、制止する余裕はなかった。味方はすでに四人が倒されている。

男たちのひとりが、叫び声をあげた。二人が倒れた。大塔宮を制止するように、ひとりがどこからか舞い降りてきた。そう思った時、男たちのひとりがまた倒れた。浮羽。ほかに五人。いや十人。さらに増えていく。三十人近くに増えた時、男たちは全員倒されていた。

数人が片膝をついて並び、残りは屍体を片付けていた。

「申しわけもございません。御所様の身に及ぶところまでは、なんとか防ごうとしてきたのですが」

喋っているのが麻雨《あさめ》であることに、頼季ははじめて気付いた。浮羽は麻雨と並んで控えている。

山中で、かなりの激闘があったらしいことは、見当がついた。麻雨はかなりの傷を負っているし、浮羽も肩に血を滲ませていた。

「何者だったのだ？」

言った大塔宮の口調は、まだどこか切迫していた。

「六波羅にも、心利きたる者がおります。おそらくは北条時益《ほうじょうときます》の手の者と思われますが、御家人ではございません。武士でもないと思われます。山中に潜み、代々技を鍛えた者どもがおります」

「山の民、ではないのか？」

「山の民からはぐれた者どもと言えましょう。いつか、銭でおのが技を売るということで、大名などと関わって生きていくようになった者どもでございます。山の民は、そういう関わりは持ちませぬ」

「なるほどな。六波羅は、それを銭で雇ったということか」

「莫大な銭が動いた、と見ております。総勢で、およそ百五十ほどもおりましたでしょうか。吉野攻めには加わらず、戦が終るのを山中でじっと待っていたようです」

「私が落ちるのを、はじめから追うつもりであったのか？」

「何日でも何ヵ月でも、山中に潜んで待つ覚悟でいたものと思われます」

「私の命だけを、狙っていたということだな？」

「そうなります」

麻雨は、うなだれていた。大塔宮の声は、ようやく落ち着きを取り戻している。

「追撃の軍勢とはまったく別に、私の命だけを狙っていたか」

「御所様のお眼には触れさせまいと思っておりましたが、力いたらず」

「百五十と申したな。二十ほどしかいなかった。百三十は、私の前に現われる前に、おまえたちに倒されたのか？」

「軍勢とは違います。深い山の中でも、よく動きます。技を売るだけに、手練《てだ》れ揃いでもありました」

「麻雨まで手負うておるとは、さぞ激しい闘いが交わされたのであろう」

「もはや、御心配には及びませぬ。これですべて倒したはずです」

すでに、周囲は暗くなりはじめていた。山は静寂に包まれ、血の匂いだけがかすかに残っている。

「高野山は避け、北に道をとってはいただけませぬか、御所様？」

「高野山にも、さきほどのような者どもが待ち構えているのか？」

「わかりませぬが、いるとしたら高野山であろうとそれがしは考えます」

「北へむかうと、金剛山じゃな」

「ここは、楠木正成殿と動かれるのが上策かと」

「正成が金剛山に、私が吉野に。そうしなければ、倒幕の波は拡がらぬ、と思っていた」

「播磨では、赤松円心というお方が兵を挙げられ、すでに摂津にまで進攻しておられるという話です。倒幕の波は、もう拡がっております。ここで、金剛山に御所様がむかわれれば、波はさらに大きなものになるのは必定。高野山で再挙を期されるより、その方がよろしいかと」

大塔宮は、しばし考えこんでいた。

高野山で再挙するとしても、準備はなにもない、と頼季は思った。籠城戦には、かなりの準備がいる。楠木正成でさえ、千早城で籠城するために、一年を費やしたのだ。

「正成とともに私がある。その方がよいかもしれぬな」

しばらくして、大塔宮が言った。

3

河内、紀伊《きい》の国境に近づくに従って、散っていた兵が三十、四十と集まってきた。

麻雨が山の民を動かし、山中に散っていた兵が集まれるようにしたのだろう、と頼季は思った。浮羽は、時折、頼季と則祐のところに現われ、円心の動きを知らせてきた。

苔縄城で兵を挙げた円心は、播磨の悪党を糾合《きゅうごう》すると、籠城するのではなく、六波羅の意表を衝くかたちで、一気に摂津兵庫まで山陽道を駈け抜けたという。いまは摩耶《まや》山に城を築き、京を窺う構えを見せているようだ。

悪党の蜂起のひとつと考えていた六波羅では、ようやく事の大きさを悟り、慌てて討伐軍の組織をはじめたらしい。

「おまえは、赤松村とわれらの間を、いつも往復しているのか、浮羽？」

「赤松円心様のもとに、手の者を残してあります。知らせはそこから参ります」

気味の悪い男で、頼季は好きになれなかった。なにを話す時も、ほとんど表情は変えない。声は女のように高く、唇が紅を引いたようにいつも赤かった。

麻雨が、大塔宮を護る闘いができたのは、浮羽の知らせがあったからだ、とは聞かされていた。忍びとしては、腕が立つ男なのだろう。

「兵は三千と申したな。少なくはないか。播磨、摂津の悪党を集めれば、一万にはなるであろうと儂は思う」

「下知に従い、最後まで闘おうという者だけを、残されているようです。あとはいらぬ、とお考えなのでしょう」

「わかるような気もするが」

戦は、兵力が決める場合が多い、と頼季は思っていた。兵力の少なさは、それだけで不利になる。本来なら、人形でもいいから欲しいところだろう。

「どういう戦をされるおつもりかのう、お館は？」

「まずは、全力で討伐軍を破るということでございましょう。そうすれば、もっと人が集まります。六波羅軍との決戦になった時に、大軍を擁していればいいのです」

「言われれば、そういう戦をされるお人ではある」

「大塔宮様が金剛山へ行かれれば、私の役目は終ります。その時、則祐様をお連れするように言われております」

「待て。お館は、吉野が落ち、御所様が金剛山の楠木殿と合流なされると、はじめから読んでおられたのか？」

「わかりませぬ。金剛山に大塔宮様が入られたら、則祐様をお連れせよ。それまでは、全力で大塔宮様をお護りするように、と申しつけられただけです」

大塔宮の行先は金剛山しかない、と円心は読んでいたに違いない。そして大塔宮を死なせることは、倒幕の波そのものを大きく後退させることだとも思っている。

「則祐殿とも話したか？」

「はい。しかしこれからは、頼季様と話したいと思います」

「なぜ？」

「実は、金剛山に入る前に、則祐様を円心様のもとにお連れしたいのです。円心様が六波羅勢とぶつかられるのは、そう遠い先のことではない気がいたしますので」

「金剛山に御所様を入れるのが、おまえの仕事ではないのか?」

「金剛山は、十重二十重に囲まれております。その敵の中を、通る道があるという話です。それは、私にはどうしようもありません。敵の中を通る道の手前までお連れするのが、私の役目です」

「敵の中を通る道だと？」

「兵糧などを運びこむ道ではなく、せいぜい五人とか十人とかが、城に出入りする道なのだろうと思います。それは、城の中の者でなければ、知るよしもありますまい」

「金剛山を囲む敵は、さらにその外の野伏りらに悩まされていると聞いたが、それも城からの指図によるのであろうな」

「おそらくは」

「わかった。則祐殿には、儂から伝えておこう」

頷き、浮羽は消えた。

軍勢というかたちが、ようやく整いつつあった。集まっているのはおよそ六百で、馬もかなりある。則祐は、集まった兵をそれぞれに配置することに忙殺されていた。麻雨が、兵糧も充分に運びこんでいた。

大塔宮は、陣幕を張っただけの仮の本陣で、じっと絵図に見入っていた。

「頼季か、どうした？」

陣幕の周囲は、五十名ほどの武者が固めている。しかし、陣幕の中は大塔宮ひとりきりだった。吉野が落ちてから六日ばかりになるが、大塔宮は別人のように瘦せはじめていた。武芸については、並の武士の及ばぬ修練を続けてきた。戦も下手ではなく、時には、果敢すぎることもあるほどだ。しかし、大塔宮がほんとうに闘っているのは、敵ではなく、おのが内なる弱さなのかもしれない。

このところ、しばしば頼季はそう思うようになっていた。

「楠木軍と合流する前に、則祐は円心のもとに帰そうかと思います」

「そのことか。いますぐに帰してもよいところだ。赤松円心は、兵庫まで出てきているという。これは大きな動きだ。すべてを決する動きになるかもしれぬ、と私は思っている」

「お許しはいただけますか」

「おまえは、どうするのだ、頼季？」

「それがしは、御所様のおそばに置いていただきとうございます。赤松円心も、そう申しております。時に、御所様の意を介して、赤松円心に会いに参ります」

「それでよい」

大塔宮が、穏やかな笑みを浮かべた。

「私は、こうやって絵図を見続けていたが、一昨年とは大きく違っている。特に播磨がな。正成と並んで、円心の力は欠かせぬ。楯と鉾のようなものだ」

「それがしは、円心が播磨で籠城するものと思っておりました」

「私もだ。それだと、楯が二つあるというだけになる。円心の動きを見て、はじめてそれに気づいた。私が吉野に籠《こも》ろうとしたのも、楯を作ろうとしたことにすぎぬと、いまは思うぞ」

「倒幕の波は拡がり、さまざまなかたちになっております。どうか、一年先、二年先のことにまで、眼をむけられますように」

「山中で、私を打ち倒してくれたな、頼季」

「恐れ多いことを、いたしました」

「いや、おまえのような者が、私には必要なのだ。一年先のことどころか、一日先のことさえ時々見えなくなる」

　また、大塔宮が笑った。

　陣幕の外では、活発に兵が動く気配が伝わってくる。いまは一千に満たなくとも、すぐに二千、三千になり、やがては万を超える時もあるかもしれない。

「朋子《ともこ》は、元気でいるらしい。麻雨が、ようやくそれを報告してくれた」

　最も気になることを、訊かない。訊けずにこらえる。そういう傾向が、大塔宮にはあった。それも、ある意味での弱さなのかもしれない。吉野が落ちてからの敗走の中で、大塔宮の心には、不吉な思いがさまざまに駈けめぐっただろう。

「二日で、金剛山でございます」

「正成と、会えるかのう？」

「それは、倒幕を果しました時には」

　大塔宮が頷いた。一礼して退出し、頼季は則祐の姿を捜した。

　三十頭ばかりの馬を、則祐は調べていた。大塔宮の馬は、黒くひときわ大きな、猛々しい馬である。

「則祐殿、明日か明後日には、お館のもとにむかって貰わねばならぬ」

「そんなに、早くか？」

「摩耶山の城を、六波羅はいつまでも放ってはおくまい。あそこでお館が敗れるようなことがあれば、金剛山も孤立する」

「わかっているが、浮羽に頼んだことは無理なようだな。明日か明後日というのであれば」

「なにを、浮羽に頼んだ？」

「楠木正成と、一度会いたいと」

「それは」

「わかっている。楠木正成は千早城の中だ。御所様は、外からそれを援ける戦をなさるしかあるまいしな」

城へのひそかな道がある、と浮羽は言った。それを、則祐には伝えていないのだろう。知れば、則祐の性格からして、ひとりでも城に入ろうとするかもしれない。

「いずれは、会えよう。生きていればな」

則祐が、白い歯を見せて笑った。

いかにも、軍勢らしい行軍になった。敗走という感じは、ほとんどなくなってきている。ただ、金剛山の周辺には、二十万を超えるといわれる大軍がひしめいていた。物見も出ているだろう。あくまで、山の民に導かれた、山中のひそかな行軍である。

軍勢が止まった。

大塔宮の背後にいた頼季は、とっさに太刀の柄《つか》に手をかけた。そばの則祐も同じ動きをしている。

雑兵がひとり、林の脇のいくらか広くなった場所で片膝をつき、うなだれていた。それを除くべき先導の山の民たちは、竦《すく》んだように動かない。

何者だ、と誰何《すいか》しようとした声を、頼季は呑みこんだ。叫び声をあげ、大塔宮が馬を飛び降りた。弾かれたように、続いて飛び降りようとした則祐を、頼季は止めた。

「楠木正成殿だ。しかし、なぜ」

「あれが」

則祐も息を呑んだようだ。

しばらくして、頼季は下馬の合図を出した。大塔宮は正成に駈け寄り、手をとっている。

顔をあげた正成は、かなり痩せ、眼がけものにも似た光を放っていた。顔半分の髭は、もとのままだ。

「合戦の中ゆえ、このような身なりで失礼仕ります」

「それよりなぜ、正成がここにおる。千早城に籠っておるのは、汝の影か」

「大塔宮様をお迎えに、城を出て参りました。城外には、無数の敵がおります。その数が多いだけ、紛れこむのはたやすいこととなります」

黒い髭の中から白い歯を覗かせ、正成が不敵な笑みを洩らした。

しばしば、千早城では城外に出る戦をやるらしい。その時、二人、三人と敵に紛れこみ、次の戦の時には、逆に味方に紛れこむ。そうやって、何日かに一度は、わずかな人数だが人が城を出入りして、外部との連絡に当たっているようだった。城外で包囲軍を悩ませる野伏りの動きも、正成の指図によるものだという。

「見あげたものだ、正成。このままだと、金剛山千早城は、ひと月は落ちぬな」

「ひと月どころが、いつまでも落ちませぬ。一昨年の赤坂城の落城の時から、それがしは考えに考え抜いて、千早城を築きました。城内の人数は制限し、城外の野伏りどもを活発に動かします。敵はすでに、城攻めに倦《う》みはじめております。そこに大塔宮様の御入城となれば、朝廷に心ある武士は、どれほど力づけられるかわかりませぬ」

「私は、城へ入れるのか、正成？」

「一度は、御入城いただきましょう。この正成が先導いたします。時には城、時には城外と、大塔宮様には存分にお働きいただきとうございます」

「もとより、望むところだ」

林の中にいたらしい、数名の雑兵が出てきた。正成の背後に控える。ひとりは正季《まさすえ》だった。

「小寺頼季殿も、おられたか」

頼季に眼をむけて、正成が言う。

「これなるは、赤松円心の一子にして、則祐と申します。正成殿、どうかお見知りおきを」

「赤松殿の御子息か」

則祐が頭を下げた。

「一度、お目にかかったことがある。まさに武人であった。この正季など、首を捻じ切られるところでありましたぞ」

「則祐は、円心のもとにやろうと思う。円心がこれからどう動くかで、新しいものが見えてくるかどうか決まる、と私は思っている」

正成が頷き、則祐に眼を注いだ。

「赤松殿にお伝えくだされい。正成にとっては、赤松殿の動きが大きな救いになり申した。これからも、救いであり続けると」

「はい」

則祐の声は、気圧《けお》されたように小さかった。山の民の中に混じっていた浮羽の姿がないことに、しばらくして頼季は気づいた。

4

苔縄から兵庫摩耶山まで、ひと息で駈け抜けた。途中で加わってきた兵は三千ほどで、あっという間に五千の軍勢に脹《ふく》れあがっていた。円心は、自軍を二千と思い定め、新手の三千は山麓に展開させた。

即刻、築城に入った。ほとんどの準備は、尼崎《あまがさき》の範資《のりすけ》によって整えられており、三日目には城のかたちはなんとかできあがった。その間、円心も二千の兵も、不眠不休だった。

摩耶山の海側の南斜面は、急峻である。しかし、北側は六甲《ろっこう》の奥まで山岳地帯が続いていた。攻めるとしたら、まずは海側からである。海側に兵の配備を終えたところで、交代で兵に休みをとらせた。兵糧は、範資が充分に運びこんでくるはずだ。

千早城は、まだ落ちていなかった。幕府は、落とすことができまい。危険なのは、大軍で囲むなどという方法に頼らなくなった時だ。しかし、円心が攻めるとしても、包囲と内通を誘うという方法しか思いつきそうもなかった。

「楠木の財力というのは、どれほどのものだったのでしょうか。一昨年の赤坂城の攻防で蓄えたものは使い果したと思いましたが、すぐにまた千早城です」

摩耶城に兵糧を運びこんできた範資が、遠い海のきらめきに眼をやりながら言った。

「楠木の財力の源は、おそらく蓄えというかたちではあるまい。銭が入ってくる道を、何本も作ってきたということであろう。われらが、水銀を売ろうとした時のことを、憶えておるか？」

「われらにとっては、大きな額でございましたが、その後の楠木の動きを見ていると、あれぐらいの水銀で野伏りまがいのことをするのは、腑に落ちません。やはり、水銀をよそ者が売ることそのものに、こだわったとしか思えませんな」

「水銀だけではない。楠木を通してしか売れぬ物が、ほかにもあるのだろう。物だけではなく、街道の通行も押さえているのかもしれぬ。そう考えると、恐ろしい男よ。いくらかまとまった水銀で、眼の色を変えていたわれらとは違う」

「楠木は、落ちませんな」

「なぜ、そう思う？」

「財力があるからだけではありません。財力なら、一昨年の赤坂城の時もありました。いまは、街道の童にいたるまで、楠木が落ちるとは思っていないのです。落ちればいいとも思っていません。それが、一昨年と大きく違うところです」

民心が集まっている。範資はそう言いたいのだろう。

確かに、大事ななにかを、正成は掴んだ。それも、一昨年の赤坂城の敗北があってはじめて、掴み得たものなのだろう。

「われらの戦は、一年も続けるわけにはいかぬな、範資。長い歳月をかけて蓄えてきたものも、戦となれば半年で尽きよう」

「蓄えたものは減りますが、別のものは増えます。父上が立たれたということで、心を寄せる人の数は、確かに増えます」

「そうだな」

当てにしてはいなかった。まだ見えさえしないものを、当てにするほど甘くはない。

「光範《みつのり》には留守居を申しつけた。本人は出陣が希望であったが」

「まだ幼うございます。決死の戦ゆえ、足手まといになる者は、連れぬ方がよろしかろうと思います。光範には、書状でよく諭してありますので」

「長く尼崎に置いたままで、赤松家の嫡男らしいことをおまえにはさせなかった。しかし、尼崎は貞範では無理だったのだ。おまえが尼崎で力を養ってくれたおかげで、摂津に進攻しても、兵どもにあまり不自由をさせなくて済む」

「それがしは、それがしの役立つところで」

範資は参陣を希望したが、円心は尼崎へ帰るように命じた。摩耶山に城を築いても、やはり尼崎の拠点は必要なのである。範資も、あまり言い募らずに帰っていった。

六波羅勢が出撃してきたという知らせは、範資が帰った翌々日に入った。

「兵数一万五千、北条時知《ときとも》、佐々木時信《ささきときのぶ》を大将とした、坂東《ばんどう》の軍勢でございます」

注進を受けていた貞範が、報告に来た。

坂東の軍勢との戦は、はじめてである。騎馬で波のように押し寄せ、揉みに揉んでくる激しい戦が坂東流だという。

円心は、山麓から本陣の摩耶寺までを、かねて考えていた通りの布陣で固めた。山麓から摩耶寺までは急峻で細いつづら折りの道で、少勢で大軍を迎撃するにはいい場所だった。摩耶山へ築城することを勧めたのは、景満である。

本陣から見ると、すぐ下が摩耶山の斜面であり、わずかな平原のむこうに海が拡がっている。もはや引き返せぬところへ来た、という思いに駆られたのは、束の間だった。すでに来てしまったのだ。これからどう闘っていくかも、あまり考えなかった。敗れ、死んだところで、所詮は播磨の悪党である。その悪党が、天下を決することができるかもしれない。その快感だけが、いまはある。

どよめきが、山麓から這いあがってくる。

貞範が、笑みを浮かべて本陣に入ってきた。

「なにをやっておる？」

「見ればわかります、父上」

どよめきは、さらに大きくなってきた。陣幕のすぐそばで声があがった。入ってきた者の顔を見て、円心も声をあげた。

「間に合いました。六波羅勢が進発したという噂を耳にしたので、駈け通してきました」

かすかに上気した顔で言ったのは、則祐だった。景満や光義も続いている。

「いよいよはじまりましたな、父上」

床几《しょうぎ》がいくつか用意された。

則祐は、またひとまわり大きくなったように見えた。苦しい戦を経てきたはずだ。

「大塔宮様は、いかがなされておる、則祐？」

「吉野が落ち、千早城に入られました。御無事でございます」

「吉野の戦は、激しいものだったのか？」

「要害地に築かれた城であればあるだけ、弱点を衝かれれば脆《もろ》いものだということが、よくわかりました。大手ではなく、背後から城は崩れました」

「内通か？」

「わかりません。地理に詳しい者が、敵にもおりましょう。要害の地ということが、逆に油断を生むことにもなります」

「なるほどな」

「そう思うと、千早城の楠木正成殿の奮戦は、瞠目すべきものではあります。楠木殿は、雑兵姿で戦に紛れ、時折、城を出入りされておりますぞ。大塔宮様をお迎えにも出てくださいました」

「会ったのか、楠木殿と？」

「千早城にいて、父上の動きが大きな救いだった、と申されました。これからも救いであり続けるだろうと」

「そうか」

救い、という言葉が、かすかに円心の気持のどこかを刺した。正成とは違う戦の流れ。考えていたのはそれだけで、正成の闘いを救うという気もなければ、正成の闘いが自分の運を救ってくれている、という気もなかった。自分ひとり。それが悪党の戦だ、とだけ思い続けてきたのだ。

いまも、それは変らない。

差し出された水を飲みながら、則祐が大きく息をついた。よほどの早駈けでここまで来たようだ。

「手負うたか。則祐？」

腕に巻いた布に眼をやって、円心は話題を変えた。正成については、あまり語りたくない。尼崎で一度だけ会った正成。円心にとっては、それで充分なのだ。

「浅傷で、もう塞がっております」

「よし、しばらくは、儂のそばにいよ。明日にも、六波羅勢は山麓に押し寄せてこよう。はじめてぶつかる坂東武者を、二人でよく見ようではないか」

則祐が頷いた。

円心の気持は、また戦の方にむいた。一万五千と言われている六波羅勢に、どれほどの与力の衆が付き、山麓ではどれほどの人数になっているのか。平原での野戦を得意とする坂東武者が、どうやって城を攻めてくるのか。それに対する、備えは充分なのか。

「黒蛾か？」

陣幕の外に気配を感じ、円心は言った。

「浮羽でございます」

いつの間にか、陣幕を潜っていた。黒蛾も並んで控えていて、二人とも雑兵姿である。陣中では、女の姿というわけにもいかない。

「御苦労であった」

「大塔宮様は、畿内の山の民を、ほぼ掌握されたようです。一年の間、じっと耐えて山の民と交わっておられたのが、やはり頑《かたく》な心を動かしたのでございましょう」

「戦にも出るのか？」

「いまだ、陰にいるだけでございますが、兵站《へいたん》は山の民に負うところとなっております。山では、戦も含めてかなりの力となります。六波羅が送ってきた刺客の群とも、闘ったのは山の民でございました。山の民の存在がなければ、大塔宮様の御一行は、山に果てられたものと思われます」

「大塔宮様は、吉野が落ちてから、なぜ金剛山にむかわず高野山にむかわれた？」

「いま一度高野山で、と思われたのでございましょう。しかし、迷っておられました。はたから見ていても、はっきりとそれがわかるほどに。六波羅の刺客の群に襲われてはじめて、金剛山にむかおうと決心されたようです」

大塔宮の迷いがどこから来たものか、円心にはよくわからなかった。攻めに強く、守りに弱い戦をするだろう、ということはわかっていた。吉野が落ちた時、気持は守りの方へ行ってしまったということなのか。

「大塔宮様は、心猛きお方でございます。それが、戦にむかえばよろしいのですが、時として、ほかにもむかいます」

周囲の者にむかうということなのか、内に籠ってしまうということなのか、円心にはよくわからなかった。浮羽のもの言いだけを、信じるわけにはいかない。いずれ会う。戦が進めば、いずれ会い、ともに戦をすることになるだろう。いやでも、その時はわかることだった。

「楠木正成殿が、千早城を出ていたそうだな、浮羽？」

「わかりませせぬ。あのお方は、何人もの影を使われます」

「大塔宮様を、影に出迎えさせるとも思えぬ。おまえは会わなかったのか、浮羽？」

「私は、その時おりませんでした」

「なぜ？」

「大塔宮様を無事千早へお連れすることが、私の仕事です。楠木様にお目にかかることは、仕事ではございません」

浮羽は、それ以上なにも言いそうではなかった。黒蛾が口を開きかけた。それは円心にむかってではなく、浮羽にむかってであるように思えた。しかし、黒蛾の口からも、言葉は出てこない。

5

北条時知を大将とする軍勢が、摩耶山の下に布陣をはじめた。二万を超えている。騎馬も三千以上で、展開の仕方は見事なものだった。しっかりと、魚鱗に陣を組んでくる。

「見たか、則祐。坂東の武者というのは、動きが荒々しい。わずかな敵は踏み潰すという勢いではないか」

強引さが、戦では力になることもある。敵が崩れる寸前。それは、陣形を見ていただけではわからない。敵の大将の気持の底。それを、強引さが崩すことがあるのだ。

「戦は、陣形や兵数だけでなく、大将の気持の闘いでもある。それを忘れるな」

言いながらも、円心はかすかなおののきさえ感じていた。いままで、せいぜい百ほどの軍勢同士の戦を続けてきたのだ。二万を超える軍勢は、言いようもなく気持を圧迫してくる。山の下の原野が、軍勢で埋まった、という感じなのだ。

山麓に展開した三千の味方は、二万の軍勢が現われた時に、消えはじめた。いまは、一兵も見えはしない。もともと当てにはしていなかった。散り散りにならないように、まとめる者を何人か付けてあるだけだ。だから、遠くから眺めるという恰好になっているはずだ。それは、戦況によっては、役に立つ軍勢にもなるだろう。

正成は、二十万という大軍に囲まれながら、それでもなお、おのが戦のやり方で闘っている。二万の軍勢を見ると、二十万という兵数がどれほどのものか、およその見当はついた。

「強いのう」

「はっ？」

則祐が、円心の顔を覗きこんできた。

「いや、坂東武者のことよ。野懸けの騎馬戦になれば、さぞ強かろう」

「それがしは見ておりませんが、千早城を囲むのは二十万。地から湧くように、軍勢が現われ、地平まで埋め尽したそうです。東国にも西国にも、もっと武士はおりましょう。そういう武士に支えられて、鎌倉《かまくら》の幕府はあるということが、それがしにもよくわかりました。父上が、なかなか立とうとされなかったのも、その武士と闘うということが、よくわかっておられたからですね」

頭でわかっていただけのことだ。そして、これからは身をもってわかるということになる。

黒蛾が現われた。

「騎馬隊が、山麓から離れた味方を、追い散らしております。伏勢《ふせぜい》になることを、警戒しているのでございましょう」

「わかった」

三千は、進軍の途中で加わってきた武士や野伏りである。こちらに勢いがある時しか、戦力にはなるまい。

「摩耶山に、忍びが十名ほど入りました。こちらの兵数を探ろうというのでございましょう。討ちまするか？」

「捨てておけ」

兵が固めているところには、近づけない。兵数が二千余にすぎないということは、ぶつかってわかるより、いま知られていた方がいい。少勢に対する攻めを、敵はしてくるだろうからだ。

陽が暮れた。

篝《かがり》を燃やした。貞範が本陣にやってくる。少し遅れて、景満も現われた。光義は、前衛にいる。もう一度、配置を確認した。

夜半過ぎに、円心は浮羽を呼んだ。

「貞範と景満が動く。それは敵に知られたくない。敵は、未明に攻撃を仕かけてこよう。

それまで、敵の忍びを止められるか」

「手下が四名、黒蛾も含めると六名になります。われらの力が、戦場でも役立つことを、お目にかけましょう」

「特に、貞範と景満の動きは知られてはならぬ。それが肝要じゃ」

「敵の忍びの位置は、ほぼ摑んでおります。念のため、退路になりそうな場所で、私が待つことにいたします」

「よし、頼んだぞ」

浮羽が消えた。円心は床几に腰を降ろしたまま、朝を待った。篝は燃え続けている。

薄明。二刻ほどの時が、長いのか短いのか円心にはわからなかった。時が刻まれていくのを待つ、という気がなかったのかもしれない。

敵の陣。一斉に動きはじめた。地鳴りに似た音が、摩耶山を包みこんできた。二万の軍勢が動きはじめるのは壮観で、円心は束の間見とれた。

三百の徒《かち》が、敵の前衛にむかって突っこんでいく。率いているのは、光義だった。

ぶつかる。光義は、果敢によく闘っていた。敵の前衛が止まり、それが波及して二万の軍勢も止まった。わずかな間だった。二万の大軍にむかって、ほとんど一点にしか見えぬ光義の軍勢は、敵に包みこまれる前に、素速い動きで離脱し、駈けはじめた。逃げる。摩耶山の本陣にむかって逃げる。そう敵には見えただろう。事実、光義の軍勢は、前後に長くのびて山に駈け入ってくる。

敵の動きが激しくなった。総攻め。ためらいのない決断だった。騎馬を先頭にした大軍が、山に突っこんできた。ひと息で揉み潰せる。そう思ったのだろう。

ぶつかる味方は、次々に後退しているはずだ。山は、いまの円心にとって袋のように見えた。袋の口から、次々に敵が入ってくる。どれだけの敵を山に入れ、どこで袋の口を締めるか。

摩耶山は、つづら折りで急峻な道が、頂上まで続いている。半数近くの敵が入ったと見た時、円心は声をかけた。従者が叫ぶように声を合わせ、旗を振った。

山を、別の喊声《かんせい》が包んだ。

円心は、馬に飛び乗った。本陣にいた、三百の兵が続いてくる。則祐は、すぐ脇にいた。敵が見えた。本陣のすぐそばまで、先頭は達していた。ただ、両側から散々に矢を射かけられ、進むことも退くこともできずにいる。

数本の矢を躰に立てた三騎が、遮二無二飛び出してきた。太刀を頭上に振りあげ、円心だけにむかって突っこんでくる。則祐と円心は、ほとんど同時に馬腹を蹴っていた。ぶつかり合い、振り降ろされてきた太刀を撥ね返し、円心は下から武者の首を斬りあげた。血が飛び、首が後ろにのけ反ると、武者は馬から落ちた。もうひとり。思った時は、則祐が組みついていた。すでにひとりを、則祐は甲冑ごと斬り倒している。組んだまま馬から落ちた時、則祐の脇差は相手の首に半分食いこんでいた。

則祐が跳ね起き、馬に飛び乗った。

山に入っている敵は、退路を断たれているはずだ。谷間《たにあい》の小径《こみち》に巨石をいくつも落とし、さらに大木を数十本倒せるようにしてあった。無理にそこを越えようとすれば、上から矢を射かける。

三騎のほかにも、なんとか突っこんでこようとする者はいたが、ことごとく矢で倒された。敵が、じりじりと後退をはじめた。

「押せ。すでに敵は怯《ひる》んでいる」

三百が、矢を射ながら進んだ。ぶつかり合いは避けた。一万近い兵が山中にいるのだ。とにかく矢だけを射かけながら、押した。伏せてあった弓隊も、まだ矢を射かけ続けている。それぞれに、ひと抱えもの矢を持たせてあるのだ。

敵の動きが一方向になった。二の尾から摩耶山の背後に回り、六甲山の西へ抜ける退路がある。そこを目指す動きだった。

敵の中央に、また巨石を落としこんだ。数十名が、瞬時にして倒れた。敵は、山中で二分された恰好になり、四千ばかりが二の尾にむかった。残った敵は、なす術もなく矢で射立てられ、散り散りに逃げはじめている。

「二の尾へ追いあげよ」

円心の声に呼応するように、弓隊の兵も集まりはじめた。およそ五百。逃げている敵には、それが千にも二千にも見えるはずだ。

二の尾から、貞範と景満が率いる二隊の一千が、また矢の雨を浴びせ、敵が混乱したところで襲いかかった。

「総攻めだ。摩耶山から追い落とすぞ」

叫び、円心は先頭になって斬りこんでいった。則祐も、そばを駈けてくる。

山を再び喊声が包んだ。ぶつかる敵を、円心は次々に斬り倒していった。

山麓まで、落とすという感じで敵を追った。山に入れなかった敵も、算を乱しはじめている。しかし、無傷の一万だった。

「突っこめ」

円心は叫んでいた。勢い。それには乗ることだ。いまは、勢いがある。騎馬も徒も、一体になって駈けた。退がりながらも、敵はなんとか陣を組み直そうとしていた。中央を突破する。敵が陣を組み直す前に、騎馬だけでも中央を突破できるか。勝負だった。太刀を敵に突きつけるように構え、円心はひとり馬を疾駆させた。則祐が続いている。貞範も景満もいる。

敵の搦手《からめて》から、喊声があがった。およそ二千ほどの兵が突っこんでくる。山麓に展開し、敵に追い払われた兵が、また集まったようだ。

勝った。それがはっきり感じられた。

総崩れになった敵は、東へ敗走していく。

光義と景満が、素速く兵をまとめた。円心は、すぐに馬を進めた。馬上から、いくつか下知を出しただけである。

摩耶山の城には、手負いの兵を中心とした二百だけを残す。全軍は、東へ進む。敵が残した馬や武器は、すべて集めさせた。馬だけでも、二百頭はある。それも、円心は馬上で聞いた。

「どこまで進まれます、父上？」

貞範は、まだ返り血も拭っていなかった。

「摂津の原野の真中に、本陣を置こうではないか。前衛は、さらに進める。摂津の原野を制すれば、京は眼と鼻のさき。いつでも脅かすことができる」

「承知。それに、摂津の原野に旗を立てれば、赤松円心これにありと、全土の武士にも示すことができます」

　これで終りではなかった。敵はまだ、かなりの兵力を持っている。それに、坂東武者が得意の原野戦になる。

「光義、弓隊に矢を補給せよ。持ちすぎるということはないぞ」

「敵の残した矢も、一度射た矢も、集めさせました」

　円心の周囲を固めているのは二十騎ばかりで、それは則祐が率いる恰好になっていた。

　久々知《くくち》には夕刻着いた。散っていた兵も集まり、さらに摂津の野伏りや溢者を加えて、六千を超える兵力になっていた。久々知のあたりならば、尼崎の範資から兵糧の補給は受けることができる。

「父上の戦、はじめて見ました。二万の敵が、二刻も闘わずして敗走していくのが、信じられないような思いでした」

　則祐の口調は、まだ興奮している。

「明朝にも、敵は陣形を立て直して攻めてこよう。余計なことを言っている暇はないのだぞ、則祐。おまえに戦ができることはわかった。これより、闇を衝《つ》いて酒部《さかべ》あたりにまで進め。三千ばかりの兵を率いていくのだ」

「はい」

則祐の眼が光った。もともと、戦好きの素質はあり、それはすぐ上の兄の貞範と似ている。大塔宮に近侍していたせいか、ただ荒いだけの武者とも違った。

「陣を組み直した六波羅勢と、はじめにぶつかるのは、おまえだ。退くな。三千で、大手から敵とぶつかり合い、決して退くな。おまえが退けば、戦は困難なものになる」

「死すとも、敵は止めて見せます」

「行くがいい。おまえの軍勢に、助勢はない。それだけ心せよ」

則祐が、身を翻《ひるがえ》して飛び出していった。

久々知の本陣は、逆茂木《さかもぎ》をめぐらせただけの、簡単なものである。

貞範と景満と光義の三人を呼んだ。

摂津の原野の絵図。篝の中に照らし出される。久々知の本陣。則祐がむかった酒部の前衛。円心は筆で丸く書きこんだ。

「佐用範家の弓隊を、夜のうちに進ませ、搦手に回せ。貞範は騎馬隊で、佐用範家の弓隊の背後に付け。景満は、二百騎で敵の背後に回れ。残りの兵は、儂と光義が動かす。機を見て、隙のある場所に突っこむ。儂と光義が動きはじめた時が、総攻めだ」

「則祐は苦しいのではありませんか、父上？」

「苦しいことは、承知しておる。則祐もな。しかし、則祐に四千は割けぬ。ここを乗りきれば、また兵は集まろう。よいな、すべて今夜のうちに動くのだ」

　全員が頭を下げた。

「景満」

　退出しようとした三人の中で、円心は景満だけを残した。

「山麓に展開していた兵は、敵に追い散らされた。それをまとめて、横から攻めてきたのは、河原弥次郎だな？」

「はっ」

「弥次郎は、おまえの下で二の尾にいたのではないのか？」

「そういう下知でございましたが、山麓の軍勢のまとめに、それがしが送りました。弥次郎は、お館の下知だと思っております」

「ふむ、なぜじゃ？」

「時が、ありませんでした。なんとか、下の軍勢を散らせまいと思いましたが、お館の下知を受ける時がありませんでした」

「儂は、なぜ弥次郎を山から降ろしたのか、と訊いておる」

「山麓の軍勢には、途中から加わってきた野伏りがかなり多く、弥次郎が率いるにはうってつけでございました。野伏りには、野伏りだけに通じる合図や合言葉がありまして」

「そういうものか」

「攻められたら逃げる。野伏りは、そればかりやっております」

「まさに、そうだな」

円心は、声をあげて笑った。あの時、搦手から弥次郎が攻めこんでこなければ、簡単に勝つことはできなかっただろう。

逃げ方がうまく、敵の討手も、山麓の軍勢は散り散りに逃げたと思ったに違いない。

「使えるのう、弥次郎の戦法は。幕府はまだ強い。これからの戦で、われらが敗れることもあろう。逃げ方の工夫もしておかねばならぬわ」

「弥次郎は、それがしが思う通りに使わせていただけませぬか、お館？」

「儂を越える悪党になる、とほざいた男だからな。儂の下知より、おまえの下知の方が従いやすかろう」

頭を下げ、景満が退出していった。

軍勢は、すでにひそやかに動きはじめている。久々知の本陣に残すのは百名ほどで、その百名も夜を徹して防備を固める。

気づくと、浮羽がそばに控えていた。

「敵は一万二千ほどで、尼崎の地におります。北条時知、佐々木時信ともに強気で、もう一戦の気構えでございます」

「野戦になるのう」

「お勝ちになれます」

「ほう」

「殿はいま、勢いをお持ちです。敵は、いくら大将が気負おうとも、一度負けた軍勢」

「油断はすまい」

「敵も、夜動くつもりでいるようです。ただ、馬を多く失っております」

「わかった」

浮羽が消えた。

円心は光義を呼び、馬の仕度を命じた。

兵が疲れているのは、わかった。それは敵も同じである。どこまで耐えられるか。それも勝負のうちだった。

「光義、五騎ほどで後部に付き、遅れる兵あれば斬り捨てよ。赤松円心の軍に加わるのは、野伏りの群に加わるのとは違う、ということを教えてやれ」

光義が、駈け出していく。

夜が明けた。

酒部の則祐は、三千を三段に構えていた。小さくかたまった陣形で、大軍にむかうには悪くない。物見と注進が走り回った。

敵が、進みはじめている。ほぼ一里。鶴翼《かくよく》に陣を組んで、左右に大きく拡がっているという。則祐は、大軍に包みこまれる恰好になる。その圧迫に、どこまで耐えられるか。

敵が見えた。則祐の三千が、いきなり前進をはじめた。鏑矢《かぶらや》もなにもない。動きはじめた時が戦。それが、悪党の戦である。

小さくかたまった三千は、そのまま鶴翼の中央に突っこんだ。鶴が翼を閉じるように、則祐の軍勢が両側から包みこまれる。よく耐えていた。弓隊が接近し矢を放ちはじめる。矢は一ヵ所に集中していて、そこに穴があいたような恰好になった。さらに矢が射続けられる。足並が乱れはじめた。そう思った時、貞範の騎馬隊が突っかけた。やや遅れて、敵の背後からも喊声があがる。

明らかに、敵は動揺しはじめていた。則祐の三千を包みこんだ輪は、方々で破れはじめた。

「総攻め」

言って、円心は馬腹を蹴った。狙うのは、いまだ小さくかたまっている敵の本陣である。ぶつかった。それほどの手ごたえも感じないうちに、敵は敗走をはじめた。

兵をまとめ、追撃に入った。逃げる敵兵を斬り、突き倒していく。追撃戦は残酷なもので、摂津の原野が血に染まるかとも思えた。手は緩めなかった。

夕刻まで、原野で追撃戦が続いた。

完勝である。

兵をまとめ、交代で兵糧をとらせ、夜中に陣を組んで、また一里ほど進んだ。兵は疲れきっていたが、勢いはあった。

翌朝、ようやく陣形を組み直した敵と対峙したが、ほとんど戦にもならなかった。

貞範の騎馬隊が、まるで動物を追うように、敵兵を追っていく。

「これで勝ったとは思うな。敵には、援軍はいくらでもおる。われらに、援軍はない。すぐに、本陣を整えるのだ」

夕刻、久々知にもどると、円心は部将を集めて言った。二日の間に、本陣の防備はかなり固められていた。これを、十日や二十日では落ちない城に仕あげる。六波羅の兵を、摂津平野から追い払ったいましか、それはできないことだ。

翌日から、兵たちは泥にまみれて城を築きはじめた。酒部にも、砦を築かなければならない。それでようやく、摩耶山も入れて三段の構えになるのだ。円心も貞範も則祐も、石を運んだ。

「あれが、坂東武者でございますか」

大石を二人で持ちあげた時、則祐が言った。

「負けた軍《いくさ》とは、ああいうものだ。どこで立ち直るか、それで大将の器が問われる」

則祐が頷いた。

力をこめて、円心は大石を頭上にあげ、すでに積まれた石の上に載せた。

第六章　遠き六波羅

1

夜が明けた。

寒さが緩む季節になっている。まだ新緑には早いが、山はどこかでまた命を蘇らせているように感じられた。

大塔宮《おおとうのみや》の陣営のひとつである。頼季《よりすえ》は具足に烏帽子《えぼし》と、まるで武士の姿に戻っていた。還俗《げんぞく》した大塔宮の周囲には、山伏や僧兵の姿もまだ少なくないが、頼季のように武士の身なりに戻る者も多かった。

十六歳で、赤松村《あかまつ》から叡山《えいざん》にむかって以来の、武士の身なりだった。格別、なにかを感じるということはない。もう一度叡山に戻ることなど、多分ないだろうと思っているだけだ。

陣営には、仮小屋がいくつかあるだけである。千早《ちはや》城で楠木正成《くすのきまさしげ》が奮戦しているのに、御座所などでのんびり構えてはいられない、というのが大塔宮の考えだった。

仮小屋だけの陣営が、和泉《いずみ》、河内《かわち》、紀伊《きい》、大和《やまと》に、いくつも設けられていた。すべてが山中である。大塔宮とその麾下《きか》二千ほどは、その陣営を転々としている。

大塔宮は、一度千早城に入った。雑兵《ぞうひょう》姿で、城外の戦《いくさ》から紛れこむ、という恰好だった。しかしそこに籠《こも》るのは、楠木一党で充分だった。城外から、千早城の支援をする方がよい、と大塔宮は判断したようだ。再び雑兵姿で白兵戦《はくへいせん》に紛れ、山に入った。吉野から落ちる時のような惨めさは、すでになかった。

畿内《きない》一帯で、特に河内、和泉、伊賀《いが》で、悪党の動きが活発になっていた。大塔宮が姿を見せるたびに、それがさらに波のように拡がっていくのが、そばにいる頼季にははっきりと感じられた。

大塔宮は、敵の糧道を攪乱しようとしていた。断つと言うには、あまりに敵の数は多く、兵糧も方々から運びこまれてきた。

頼季は、大塔宮に従って一度千早城に入った。城にいたのは、一千ほどの兵で、みんなけもののような眼をしていたが、疲れきっているようではなかった。この一千で闘ってきたのではない、と楠木正成は言った。城外には数千の味方がいて、城の内と外から攻囲軍を挟み撃ちにしている。城外の味方がなければ、千早城は落ちただろうと言った。

城内の一千と城外の数千。それは攻囲している敵の人数と較べると、あまりに少なかった。攻囲軍は二十万とも三十万とも言われていたが、頼季には数えることができなかった。地平まで、兵が埋め尽しているのだ。正成が作っていた城外と城を繋ぐ道は、実に二里にわたって敵陣の中を通っていたのだった。

城内にいられる兵はかぎられていて、城外の味方が増えることが、この戦を優勢に導く鍵だ、と正成は言った。

敵のあまりの多さに、大塔宮は絶望したようだった。頼季はただ、幕府の勢力がどれほど大きなものかと、感嘆にも似た気持に襲われただけだった。そして正成は、わずか一千の兵で、無数の敵と対峙し、数ヵ月耐え続けてきたのだ。それを思うと、頼季には正成が狂人のようにすら見えた。

半日、正成と話しこんだ大塔宮は、再び城を出た。自分が正成と二人で千早城に籠れば、敵は動揺し、味方は勢いづくという考えは、敵の多さを見て捨てざるを得なかったのだろう。正成も、それを見せるために、危険も顧みず、大塔宮を城内に招いたのかもしれない。

再び城外に出た大塔宮は、金剛《こんごう》山の北五里の山中に陣営を設けた。参集してくる者は多かったが、攻囲軍が兵力を割いてくることを警戒し、次の陣営に移った。そうしながら陣営の数を増やし、参集してくる者たちを、数千の単位に分けていったのだった。

四条隆貞《しじょうたかさだ》が、五百の軍勢を率いて馳せ参じてきた。一昨年の赤坂城《あかさか》でともに闘った、大将のひとりである。大塔宮は、四条隆貞を一方の大将として金剛山の南西に配置し、自らは金剛山の北を動き回るというかたちで、千早城を支援することにしたのだった。

参集してくる者たちをすべて結集すれば、三万から四万の軍勢になりそうだった。それでも、攻囲軍とは較べようもない。

出陣の触れが回っていた。

頼季はいま、三百の兵を率いて大塔宮に付いていた。参集してくる者たちは、野伏《のぶせ》り、溢者《あぶれもの》が多く、二百、三百とひとりがまとめて、大塔宮の下に付くしかないのだ。そうしなければ、統一した動きもままならなかった。

大塔宮はすでに陣屋から出て、南の千早城の方向に眼をやっていた。従者がひとりいるだけである。

「ここでございましたか、御所様」

「頼季か」

眼は南にむけたまま、大塔宮が言った。

「千早城はまだ落ちていないか。朝になると、いつもそう思う」

「楠木殿が守っておられるのです。水が充分であることは、御覧になりましたろう。時には、城からの出入りもなされているのです」

「そうだな」

陣営は騒々しくなっていたが、大塔宮が立っている場所は崖の端で、深い谷と山があるだけだった。人の声も、その谷に吸いこまれていく。

「ここ数日、考え続けていたことだが、私と四条隆貞で、総力を結集して南北から攻囲軍を襲ってみようと思うのだ。崩せるかも知れぬ。そうなれば、正成も楽になろう」

「それは、いかがかと」

「このまま、敵の兵糧などを襲っていた方が、よいと申すのか？」

「四条隆貞様とは、すでに？」

「まだ、なにも話しておらぬ」

「敵は数十万の坂東《ばんどう》武者。野戦には強うございますぞ。しかも、野戦となれば奮い立ちましょう。攻囲の軍勢に較べて、千早城は小さな点にしかすぎません。その点を持て余しているのです」

「それだから、いまと思うのだが」

「兵糧を断たれる。敵は点にしかすぎぬ。それで、攻囲の兵は俺みはじめます。いずれ内側から崩れます。ならば、兵糧などを襲うのが上策かと。楠木殿も、そう申されたではございませんか」

「わかっている。しかし」

「全国の眼が、千早城に引きつけられております。その間に赤松円心《えんしん》が立ち、内海《ないかい》でも、熊野《くまの》でも反幕の軍勢が立っております。この動きは、やがて燎原《りょうげん》の火ともなりましょう。それまで、じっと耐えられることです」

大塔宮は、かすかに頷いたようだった。もともと、本気で挟撃をしようなどとは、考えていないのだろう。ただ、攻めたくなる。不安が大きければ大きいほど、攻めたくなる。何年も近侍していれば、その性向はわかる。やはり、千早城が落ちることが不安なのか。

「武士とは、大変なものだな、頼季」

「どういうことでございますか？」

「一朝事あれば、二十万、三十万と集まる。千早城ひとつに対してだ。さらになにかあれば、もっと集まるであろう。尽きることのない力を持っているように、私には思える」

大塔宮は、武士ではない。改めて、頼季はそれを思い起こした。武人の姿をし、武人そのものとしか思えないが、躰に流れているのは、武士ではなく帝《みかど》の血なのである。そして朝廷は、いつのころからか、かつて持っていた力のかなりの部分を、武士に奪われた。

しかし、朝廷は権威というものを持っているではないか、と頼季は思う。朝廷が権威を持っていて、武士が力を持っている。それでいいのではないのか。

「武士以外の、朝廷の軍勢を作らねばならぬ。それは、幕府の御家人《ごけにん》ではない軍勢なのだ。正成や赤松円心のような者たちが、朝廷の軍勢となり、武士を圧倒する。やがていつか、武士というものはなくなるであろう」

朝廷が軍勢を持つということが、どういうことなのか、頼季にはよくわからなかった。いまは、幕府に反対する者が集まって、倒そうとしている。幕府がやってきた政事が、よくなかったからだ。ひとつに集まっている反幕の勢力が、幕府が倒れれば、朝廷の軍勢ということになるのか。

出陣の仕度が整った、と知らせが来た。どこかで、攻囲軍の兵糧を運送する軍勢とぶつかり、兵糧を奪う。それを何度かくり返し、別の陣営に入るのである。

物見は多数出してあり、千早城周辺の動きは、ほぼ摑める。

大塔宮の、見事な黒馬が曳《ひ》かれてきた。

頼季は、自分が率いる三百名のところへ行き、馬に跨《また》がった。騎馬が十。あとは徒《かち》で、ほとんどが野伏りと山の民だった。いざこざも絶えず、それは頼季自身が、力で押さえつけるしかなかった。

それにしても、楠木正成とは、なんという男であろうか。城と外を結ぶ道は、攻囲軍の前衛の中を通り、すぐに不浄場を縫うようにして外に繋がっている。数十万といわれる攻囲軍が使用する不浄場は何ヵ所にもあり、広いものだが、その周辺に人は少ないのだった。

大塔宮はすぐには現われず、馬上で待つ恰好になった。

赤松円心も、なかなかのものだ。いつまでも立たなかったが、一度立ったとなると、風のように摂津《せっつ》に進攻し、六波羅《ろくはら》の軍勢を追い散らした。やがて、京をうかがうだろう。円心が狙っていたのはそれで、もしかすると京に一番乗りをするのは、円心かもしれない。楠木正成と円心が組んでいれば、これまでのようにたやすく幕府軍に押さえられることはない、と頼季は思った。

大塔宮が、五騎の従者とともに、陣営を駈け出して行った。頼季は、すぐにそれに続いた。徒が遅れている。大塔宮は、このところしばしばこれをやる。敵の兵糧運送の軍勢を発見した時、疲れきった徒に追う力がなく、むざむざ取り逃がしたことが一度あった。大塔宮の心の中で、なにかが暴れているのだ。それは、頼季ではもうどうにもならなかった。

途中から、野伏りが百、二百と加わり、軍勢はすぐに三千を超えた。ようやく大塔宮も手綱を絞ったようだ。徒の動きに無理のない行軍になった。

二日目、二千の兵糧隊が千早城へむかっている、という物見の注進が入った。

二千という規模に、大塔宮は満足したようだった。こちらはすでに、四千を超えている。

正面から、騎馬で迎えた。徒は何ヵ所かに伏せてある。

二千とむき合った時、大塔宮はすでに太刀を抜き放っていた。騎馬が、一団となって突っこんでいく。敵が乱れた。徒が一斉に飛び出した時、敵はもう兵糧を放り出して逃げはじめていた。

残された兵糧は、わずかなものだった。逃げ遅れた敵を、数名捕えていた。囮《おとり》だったということだろう。大塔宮が、馬上から捕えられた敵を二名斬り倒した。三人目を斬ろうとした時、頼季は轡《くつわ》に飛びつき、馬のむきを変えた。そのまま、自分の率いる軍勢の前まで曳いて行く。

「鯨波《とき》」

頼季は叫んだ。三百が鯨波をあげ、それが軍勢の中に波のように拡がっていった。鯨波に包まれて、大塔宮はようやく落ち着いたようだ。

山中の別の陣営に入ったのは、三日目だった。

「きのうは、おまえに助けられた、頼季」

陣屋で二人だけになった時、大塔宮が言った。

「お助けしたなど、滅相もない」

「いや、助けられた。一軍の将が、逆上して捕えた雑兵に斬りかかるなど、襲撃そのものが失敗だったと、味方に教えるようなものだった」

「いずれ、手応えのある敵が現われます、御所様」

「そうであって欲しい。この命を的にせねば勝てぬような敵と、出会いたいものよ」

大塔宮が腕を組んだ。従者に銅鏡を命じ、眉を描き直しはじめる。頼季には馴染めぬ姿だったが、貴人はみなこうなのだ。

「頼季、私は闘いたいのだ。千早城で楠木正成が、死力を尽して闘っている。私が、攻めれば逃げる雑兵を相手に、童の遊びのような戦をしていてよいものだろうか、と思ってしまう。私も、死力を尽したいのだ」

「御所様は、これまで死力を尽してこられました。これからもまだ、それが続きましょう。いまは千早城の攻囲軍の牽制をするべき時です。いずれ、なにかが大きく動きます」

「幕府の力がどれほどのものか、千早城を囲んだ軍勢の数を見ればわかる」

「山中に籠ってじっと耐えた、一年間を思い起こされませ。あの時は、いまよりもずっと小さな希望しかございませんでした」

「確かにそうだ」

眉を描き直した大塔宮が、じっと頼季を見据えてきた。

「赤松円心に会いたい。会わねばならぬ。楠木正成が耐えている間に、赤松円心がどれほど闘えるか。いまは、それにすべてがかかっている」

「赤松円心とて、懸命でございます。則祐《そくゆう》とても、同じでございましょう。いずれ御所様は、赤松円心と轡《くつわ》を並べて、京にお入りになれます」

「その前に、会いたい。私が摂津へ行けるよう、おまえが取りはからってくれぬか」

「そこまで、お望みならば」

「頼むぞ」

円心の軍に大塔宮が加わることが、できることなのかどうか、考えながら頼季は頭を下げた。

退出してからも、そのことを考え続けた。円心は、おそらく望むまい。円心の戦は、大塔宮の戦とは違う。大軍を率い、陣形を整えてというより、棒があれば棒で打ち、石があれば投げる、そういう戦なのだ。そして、それができる兵だけが選ばれる。

しかし、頼季自身も、円心には会いたかった。

2

久々知《くくち》の本陣は、ようやく整った。

ここに籠ろうという気が、円心にはない。進めば、捨てていく城である。それでも、十日や二十日は、大軍の攻勢にも耐えられる造りになった。酒部《さかべ》の前衛も、砦としては充分だろう。摩耶《まや》山も加えて三段。それに、播磨《はりま》の苔縄《こけなわ》。相手は、幕府である。倒されても何度でも立ちあがる、という覚悟はある。一度はじめた闘いは、命のあるかぎり続ける、という思いにおいて、正成に劣ると円心は思っていなかった。

進む時は捨てていった城が、倒れた時は役立つかもしれない。負けて逃げこむためではなく、再び立つために、そういう場所は必要なのだ。

久々知には、毎日のように兵がやってきた。そうやって加わった兵で、円心の軍勢はすでに六千を超えた。その中の野伏りを中心とした二千ほどは、城から一里のところに逆茂《さかも》木《ぎ》で囲った小屋を作り、河原弥次郎《かわはらやじろう》の指揮のもとに籠っている。そこにも兵糧は届けなければならず、尼崎《あまがさき》の範資《のりすけ》はかなり苦慮しているようだった。金剛山にも京にも幕府の大軍がいて、どこにも兵糧などなくなってしまったのだ。銭《ぜに》があっても、購《あがな》えなくなっていた。

「弥次郎」

評定のあと、円心はひとりだけを留めた。

「野伏りであったころ、おまえはどうやって食い物を得ていた」

「いまも、野伏りでござる」

「いまは、儂《わし》の麾下じゃ。野伏りであることなど許さぬ」

弥次郎は、相変らず鼻っ柱が強かった。円心は、軍規に気を遣っていたが、弥次郎が率いる野伏りが略奪をしたという報告は入っていない。

「代官や郡代の倉を襲って奪った年貢米で、冬の間は飢えをしのぎ申した」

「春先には？」

「そろそろ山菜などが芽を出すころは、山に入ってそれを集め、自ら食ったり、米と交換したりいたしましたな」

「山菜は、米と交換できるのだな？」

「特に、出はじめのころは」

「よし。おまえは手下を率いて、山に入れ。集められるだけの山菜を、集めてくるのだ。閏《うるう》二月も終り、そろそろ山菜も芽を出していよう」

「いまは、戦の最中でござる」

「兵糧を集めるのも戦よ。食わずに、兵どもが闘えるか」

「しかし、なにゆえ儂がそれを？」

「馴れておる。食せるものの区別が、おまえにはつくだろう。そういうことがうまい手下を、できるだけ多く連れていけ」

「百姓からの略奪は、されませんのか？」

「せぬ。そうするぐらいなら、飢えよう」

「わかり申した」

弥次郎が、にやりと笑った。

山菜を米に換える方法は、範資ならば知っているだろう。まだ兵糧がないという状態ではないが、いまから手を打っておけば、慌てなくても済む。

三月に入っていた。朝方の冷えこみも、かなり緩んできている。

千早城攻囲の軍勢の中から、二万ほどが分れ京に戻ったという報告は、浮羽《うわ》から入っていた。自分を攻めるためであることは、間違いないだろうと円心は思った。

六波羅も、今度は本腰を入れて潰しにかかってくるはずだ。籠城戦ではないだけに、一度負けると、追い撃ちに討たれて、播磨まで後退することになりかねない。

「黒蛾《くろが》か」

気配を感じて、円心はふりむいた。雑兵姿の黒蛾が、陣幕のところで片膝をついていた。

「弥次郎を山へやるのは、危険か？」

「野伏りを統率して、自信をつけておられます。どこかで、殿を越えたいとも考えておられるようです」

「男とは、そういうものよ」

弥次郎の裏切りようは、いくらでも考えられた。ここまで付いてきたのも、景満《かげみつ》がいたからだ。景満は、弥次郎が裏切るなどということは、考えていないだろう。裏切られても、なにかの間違いだと思いそうだ。

「そろそろ、六波羅勢も現われよう」

「すでに一万は、摂津に入っております。それは、昨夜お知らせいたしたと思いますが」

浮羽の手下が、知らせを持ってきた。浮羽は、摂津と山城《やましろ》の国境、山崎《やまざき》あたりにいて、京の情勢を探っていた。

「その一万と、すぐにぶつかりたくないのだ。弥次郎にその気があるなら、預けてある二千のすべてを動かすだろう」

「しかも山、でございますか。山に二千の軍勢が入ったことを、敵が知ればよろしいのですね」

「黒蛾、おまえは若いくせに、よく頭が回るのう」

「仕えているお方の、気持になりきります。父に、そう教えられました。一万の先鋒の次に、二万の軍勢。殿は、その二万を崩せば、先鋒の一万は、なにもせずとも崩れていく、とお考えです」

一万を叩いて二万を怯《ひる》ませる、というよりずっと危険な策だった。ひとつ間違えば、二万と一万の挟撃を受けることになる。

しかしその一万をどこかに引き付けておけるなら、悪い方法ではない。弥次郎が、二千のすべてを連れていくならば、いい囮ということだった。

弥次郎が、自分に逆らおうとしているのでないことは、円心にはわかっていた。同じ旗を揚げたがっているだけなのだ。赤松円心と並びたい。楠木正成と並びたい。その野心は、捨てきれずにいる。そして景満は、弥次郎の力はよく摑み、扱い方も心得てはいるが、その野心の部分だけ読みきれていない。かわいい対抗意識と思っている程度だ。弥次郎の抱く野心が、景満とは無縁のものだからだろう。

「どうやって、弥次郎が入った山に、一万の敵を引きつける？」

「父と二人で。忍び同士の駈け引きがございます」

「任せよう。ただし、弥次郎が二千全部を山に連れて行った場合だ」

その時は、弥次郎は播磨で円心がしたのと同じように、義軍を募るだろう。摂津の野伏りや溢者を、数多く集めようとする。そしてやはり、むかう敵は六波羅勢なのだ。弥次郎を配下に置くべきかどうか、実のところ円心は迷っていた。軍規は基本的なものしかなく、統一もなく、しかし暴れ回る。自分の軍勢のほかに、そういう集団がいた方がいいような気もする。六波羅には、両方とも同じ軍勢にしか見えないはずだ。

「もう、弥次郎も動きはじめよう。あまり時はないぞ、黒蛾」

一礼した黒蛾が、陣幕を潜って出て行った。

三日目に、弥次郎が野伏りにひそかに触れを回している、という知らせが入った。四日目には、越境していた敵の一万が動きはじめ、弥次郎が入った山を囲んだ。山にいるのは二千数百だというから、一日で数百が集まったということになる。

「全軍を、酒部の前衛へ出す」

軍議で、円心はそう伝えた。六波羅勢二万が越境しはじめた時で、弥次郎は山で囲まれて四日目に入っていた。

「敵と一緒に、弥次郎を揉み潰してから、酒部にむかえばよいと思います」

山菜を採りに行ったはずの弥次郎が、独断で野伏りを集めたと知って、景満は怒っていた。どこか、できの悪い弟を怒っているような気配もある。

「弥次郎のことは、しばらく忘れろ、景満」

「しかし」

「敵の本隊と闘う方が先だ」

四千が、酒部に進むまでに五千になった。動きがあれば加わろうという者が、どこでも待ち構えているようだ。

「瀬川《せがわ》に布陣したか」

物見の注進では、鶴翼《かくよく》の陣形をとっているという。騎馬は一千で中央。ぶつかるとなれば、その騎馬をどう扱うかだろう。敵の得意とする野戦になる。

騎馬隊が前進をはじめた。それを伝える物見の注進は、緊迫感に満ちている。どこで、相手に応じて動きはじめるか。円心は、その機を測った。敵が見えた。前進をやめ、腰を据える構えである。

「殿、お退き下さい」

黒蛾が現われた。

「南から、五千の兵が突っこんできます」

「なんと？」

摂津に、そのような軍勢の動きはなかった。南といえば、弥次郎が籠った山の方角とは反対になる。あり得ないことだった。

「もはや、半里までに迫っております」

ひと駈けの距離だ。しかし、まことなのか。五千もの軍勢が、地から湧き出してきたとでもいうのか。どうしようもなかった。陣形を動かした時、正面の敵は一斉に突っこんでくるだろう。

地鳴りのような音が、近づいてきた。南から五千。間違いはなさそうだ。正面の二万も動きはじめた。

「退け。久々知の本陣まで、駈け戻れ」

円心は叫んだ。狼狽《ろうばい》しかかっている自分を、なんとか抑えこんだ。

馬の腹を蹴った。側面から襲いかかってきた敵が、後方に回ろうとしている。退く円心は、その中に突っこんで行く恰好になった。太刀に触れてくるものを斬る。それしかなかった。貞範《さだのり》が、則祐がそばにいた。景満や光義《みつよし》もいる。ここで死ぬ、とは思わなかった。襲いかかってくる敵を薙《な》ぎ倒しながら、何人斬ればこの乱戦から抜け出せるのか、ということだけを考えていた。ぶつかった。斬る。叩く。抜けた、と思うとまたぶつかった。それを、何度もくり返した。

久々知へ戻った時は、六騎になっていた。陽は、落ちかかっている。

全身に、細かい傷を負っていた。深傷《ふかで》はない。貞範が腿に矢を受けただけで、ほかの者たちにも深傷はなかった。五人、十人と、追撃から逃れた兵が戻ってくる。

「阿波《あわ》の、小笠原《おがさわら》の軍勢でございました。ひそかに談合がなっていたと思われます。渡海して尼崎のそばに上陸すると、酒部を目指して駈けに駈けております」

黒蛾が、報告に来た。

西からの、幕府方の進攻は、備前三石城《びぜんみついし》で伊東惟群《いとうこれむれ》が食い止めている。四国の軍勢とは、意表を衝いてきたものだ。内海では、忽那《くつな》が反幕の兵を挙げ、伊予《いよ》では土居《どい》、得能《とくのう》が立った。四国の幕府方は、それを押さえるだけで精一杯だろう、と円心は見ていたのだ。

「小笠原か。六波羅も、思いきりのいい下知を出したものだ」

四国の兵まで使うというのは、六波羅がよほど摂津を押さえたかったのだろう。

いつまでも四国の兵が摂津にいられないにしても、今日の戦は負けた、と円心は思った。久々知まで戻ってきた兵は、千を大きく上回ってはいない。

「父上、ここは一度、摩耶山まで戻った方がいいと思います。軍勢を整え直せば、闘いようもありましょう」

傷の手当てを受けた貞範が、うつむいたまま言った。反対する者はいない。景満は、円心が決めたことに従い、死ねと言えば死ぬだろう。光義と則祐が、敗戦をどう受けとめているかはわからない。額に傷を受けた佐用範家《さよのりいえ》が戻ってきたが、やはりうつむいただけだった。

「不意討ちであった。四国からの軍勢が来るとは、露ほども思っていなかった。儂の読みが浅かったということになる」

円心の肚《はら》の中に、小さな炎があった。それは、決して消えることのない、誇りの炎だった。

「悪党として、儂は播磨で生きてきた。父も祖父も、そうであった」

全員が黙りこんでいる。

「戻ってきた兵をまとめよ、光義」

「わかりました、しかし」

「摩耶山へは戻らぬ。儂はまだ、負けてはおらぬ」

「父上、ここで無理をして、籠城などと考えられてはなりませんぞ。籠城するなら、摩耶山の方が、地の利があります。久々知を捨てたくないと思われるなら、この貞範がここへ残りましょう。父上に無謀な戦はさせられません」

「儂は、悪党の戦をしたいのだ、貞範」

「わかっております」

「わかってはおらぬ。儂は酒部からここまで押されたが、これは負けではないぞ。なぜなら、儂が生きているからだ。憶えておけ、貞範。悪党の戦は、死んだ時が負けだ」

「だから、死なれるようなことがないためにこそ、摩耶山へ」

「黙れ」

「父上」

「悪党は、死ぬことを恐れて戦はせぬ。命のあるかぎり、ただ勝つことを考える。最後の最後まで、勝つことだけを考える。それが悪党ぞ」

「どうなさるお積りです？」

「戻ってきた兵を集め、敵に夜襲をかける」

「なんと」

「信じ難いか。もの狂いではない。味方が信じられぬ以上に、敵は信じられまい。だから夜襲じゃ」

「待たれよ」

「いや」

言ったのは、則祐だった。

「いまこそ、全力で敵にぶつかる時です。その夜襲の先陣、則祐にお命じください」

「なにを言う、則祐」

「敵は、いまがわれらの機とは思っておりますまい。だからこそ、機なのだと思います。兄上は手負われておられる。ゆえに久々知にあって、後詰《こづめ》をされればよい。それがしが死んでも、まだ兄上がおられる。それで、それがしは死ねます」

貞範が、眼を見開いた。

景満と光義が腰をあげた。つられたように、佐用範家も立ちあがる。夜襲、と決まったようなものだった。

「戻ってきた兵には、お館《やかた》の叱咤が必要です。これからもう一度出陣とは、お館が言わなければなりますまい。われらが言ったところで、兵は動きません」

「儂が言おう。わが夢に付いてくるか。それとも、儂を捨てるか。それでいいな、景満？」

「それがしは、お館にどこまでも付いて行きます。死なれるならば、ともに死にます。悪党の家臣は、また悪党なのです」

「ともに死のうという兵だけでよいぞ、景満。闇に紛れてもう一度進む。死ぬ覚悟のない者は、途中で落伍する」

「それがし、先陣を」

光義が言った。

戻ってきた兵が、集められはじめた。

自分はまだ若い。円心は、ふと思った。ここで夜襲という考えは、若く無謀でなければ出てこないだろう。失敗してもよかった。やりたいと思ったことができるかどうかで、勝敗よりも、心の中のなにかが決まる。

3

這うようにして、進んだ。

敵の陣営では、盛大に篝《かがり》が焚かれている。それで、周囲の闇はかえって濃いものになっていた。陣形は組まれたままのようだ。

「夜襲に対する、警戒はまったくしておりません。篝がひときわ明るいところが、本陣でございます。遅くまで、小笠原勢の大将と、酒宴が開かれていた様子」

黒蛾だった。

円心は、百八十の騎馬と、徒を分けた。騎馬隊は、景満に任せて側面に回す。

「ここが、播磨の悪党の死に場所ぞ。敵の本陣を、駈け抜けてのちに死ね」

闇の中で小さくかたまった徒に、円心は低い声で言った。およそ千五百ほどである。

「ほかに言うことは、なにもない。この円心に従ってくれた礼は、あの世で言おう」

「声をかぎりに、叫べ。雑兵には眼をくれるな。ひたすら、本陣だけを目指す」

則祐が、落ち着いた声で言った。

「行くぞ」

円心は馬に乗り、太刀を抜き放った。

闇の中で、徐々に敵が近づいてくる。風が強く、草が音をたてて靡《なび》いた。騎馬は、円心のほか八騎だけである。

一度馬を停め、太刀を中天に翳《かざ》し、円心は肚の底から雄叫《おたけ》びをあげた。駈ける。敵の本陣。それ以外になにも見えなかった。敵は混乱していた。迎え撃とうにも、どこを迎え撃てばいいのかわからず、味方同士のぶつかり合いをしているのが見えた。

倒れた篝が、さらに大きく燃えあがる。すでに、四人か五人を斬っていた。本陣は、すぐそこだ。ようやく、周囲の叫喚が円心の耳に入ってきた。

不意に、馬が前脚を折った。一度地に投げ出され、円心はすぐに立った。

「これを」

光義だった。手綱を渡されていた。馬に乗る。遮る敵を太刀で払いながら、光義が駈けた。本陣が崩れた。側面からの騎馬が突っこんだのだ。騎馬隊が、縦横に駈け回る。敵は、総崩れだった。

「景満、踏み止まろうとする者がいれば、騎馬隊で突き崩せ。則祐、光義、敵が残した馬を集めよ。払暁《ふつぎょう》とともに、追撃する。巴《ともえ》の旗も、錦旗も掲げよ」

二百頭以上の馬が、集められた。

ようやく、闇が薄くなってきた。巴の旗を見た兵たちが集まりはじめ、すぐに三千近くにふくれあがった。景満が、手早く軍勢の編成をした。

「お見事でございました。四国からの軍勢が奇襲をかけた時は、私も背中に汗を流しましたが、その夜のうちに夜襲とは、お見事というほかはございません」

浮羽だった。黒蛾も控えている。

「追わねばならぬ。敵がまた陣形を整えると、面倒なことになる」

「赤松軍二万が、追撃を開始したと触れ回っております。敵は浮き足立っておりましょう。大軍になればなるほど、一度乱れると、まとめにくいもの。京にむかってひた駈けている者もおります」

「よし、浮羽。うぬら父子も、儂に付いてくるとよい。追えるところまで、追うぞ」

駈けはじめた。おびただしい武具や兵糧が放置されたままで、敵がどれほど慌てていたかよくわかる。

敵が残したものは、最後に集める。馬は増え、兵糧も豊かになりそうだった。抵抗らしい抵抗もなく、円心は駈け続けた。

山崎に達したところで、円心は軍を止めた。さすがに、兵は疲労のきわみにあった。山城と摂津の国境で、京は眼と鼻のさきになる。

「京にむけて、魚鱗に陣形をとれ。兵を休ませるのは、それからだ。敵が残した兵糧を集めて、炊き出せ。散っていた味方も、少しずつ集まろう。節約せずともよい」

それだけ言い、円心は本陣と定めた位置に腰を落ち着けた。則祐が、騎馬隊の編成をし直したと報告に来る。敵からも馬を奪えたので、ほぼ九百騎。進撃に引きよせられるようにして兵が集まり、およそ七千に達していた。

「苔縄から従ってきた徒を中心に、兵は五隊に分けてあります。その中の二隊は、弓隊です」

光義も報告に来た。

円心は、楯と陣幕だけの本陣に、浮羽と黒蛾を入れた。

「ここが、働きどころだ、二人とも。よいか、儂はもうひと押ししてみるつもりだ」

「と申されますと、京へ？」

「六波羅は、意外に脆いかも知れぬ。いまの勢いに、賭けてみようと思う」

「六波羅の陣立てでございますな」

「時はかけぬ。夜明け前には、ここを進発する」

「果断でございます」

「悪党は、後ろは見ぬ。いまさら悪党と言うのも片腹痛かろうが、儂は播磨で悪党として生きようとした時と、同じ気持なのだ。勝てる時は勝ち、奪えるものは奪ってきた」

「幕府は、揺らぎます。六波羅が直接攻められ、落ちれば、時の流れは一斉に変ります。鎌倉《かまくら》を恐れていた武士も、眼を開きましょう」

「急げ、浮羽。儂は、いまが時と見ている」

二人が、頭を下げて出て行った。

山に籠っていた弥次郎が、二千数百の野伏りを率いてやってきた。山を囲んでいた軍勢も、本隊の敗走を知って算を乱したという。

「弥次郎、よくぞ一万もの軍勢を引きつけていてくれた。大儀であったぞ」

弥次郎の顔が歪んだ。則祐も、久々知から駈けつけてきた貞範も、景満も光義もいる。弥次郎は何も言わなかった。

円心は、京への進攻を居合わせた者たちに告げた。みな、言葉もない。

「夜明け前には、進発する。兵は充分に休ませておけ」

気圧されたように、全員が頷いた。はじめに声を出したのは則祐で、つられたようにみんな声をあげた。すでに、夕刻である。

弥次郎ひとりを、円心は陣形の前衛へ伴った。弥次郎の二千数百は、本隊とは離れたところで、いま兵糧を配られていた。

「山菜は、どうしたのだ、弥次郎?」

「赤松殿は、儂を囮にされたか?」

「おまえが、勝手に囮になったのだ。山菜を採る野伏りを、なぜ一万もの軍勢が囲む。山に陣形を見たからよ。おまえが、敵を誘ったのだ」

「赤松殿は、それを読んでおられたな?」

「儂は、山菜を集めよと申しつけたはずだ。山菜を集めようとしなかったことで、景満がおまえを斬ると申しておる」

景満の名前を出すと、弥次郎は唇を嚙んでうつむいた。逆らいにくい相手というのが、誰にもある。景満に対し、弥次郎は兄にむける感情と似たものを持っているようだ。

「儂は、赤松殿と敵対しようとしたのではない。これまで赤松殿の軍勢を見てきたが、野伏りや溢者どもが、しばしば弾き出される。儂はそれを集め、ひとつの大きな軍勢にできると思った。願っても許されぬであろうし、勝手にやることに決めたのよ」

「若いのう、弥次郎は」

「酒部の戦にも、夜襲にも加われなかった。それについては、恥じており申す」

「儂の寝首を掻くか？」

「この河原弥次郎、正面からぶつかって、赤松殿を越えることしか考えており申さぬ」

「山菜さえも、採ってはこれなかった。どう申し開きをする」

弥次郎が、うつむいた。

「しばらくは、下知に従い申す。赤松殿を、殿と呼んでもよい。ひとりで立とうとする時は、今度ははっきりそう申してからにいたす」

「それでよい。おのが力で立つ。それを忘れぬのが、悪党というものよ」

「下知に従うと申しました。いまここで、殿に斬られても、異存はござらぬ」

「また気負いこんだものだな。おまえを斬れば、六波羅が潰れるなら、斬ってもよいがな。おまえには、仕事がある。これより、京にむかい、淀川沿いの村に火を放ち、暴れよ。京の南に、夜襲をかけるのだ」

「まこと、六波羅を攻められるのですか？」

「攻める」

「わかりました。京の南郊を攪乱したあと、どうすればよろしいのでしょう、殿」

「おまえに殿と呼ばれると、おかしな気分になるのう」

円心は笑った。弥次郎は、じっと円心を見つめている。

「二方向から、京に突っこむ。どちらに加わるか、おまえが決めてよい」

弥次郎が頷いた。二方向から、六波羅を。それで、敵はどちらに兵力を割けばいいか、わからなくなる。渾身の力でかかれば、六波羅は落とせる。

「去《い》ね、弥次郎。野伏りらしい働きを見せてみよ」

「承知」

弥次郎が、駈け去って行った。

円心はしばらくそこに立ったまま、暮れていく空を見つめていた。心配したらしい則祐が、捜しにきた。

「父上を、臆病なお人ではないか、と思っていた時期があります。ひと時の態度だけで、人を決めつけてはならぬのだと、いまは心の底から思います」

「儂は、臆病な男よ。臆病でなければ、生きのびることもできなかった、と思っている。だから、おのが臆病さを嫌ってはいても、恥じてはおらぬ」

円心が仰いでいる夕方の空を、則祐も見ていた。兵たちは、もう眠りはじめているのか。陣営は闇とともに静かになりつつあった。

4

午前《ひる》には、久我《こが》に達した。

途中の道筋には、弥次郎が暴れて通った跡が、しっかりと残っていた。淀から赤井《あかい》にかけては、まだ燃えている村さえあった。

弥次郎は、桂《かつら》川と鴨《かも》川が分岐するところで、軍勢を整えて待っていた。

円心は全軍を二手に分け、片方を景満に預けた。鳥羽《とば》方面から六波羅へむかうよう、景満には命じてある。弥次郎は、景満の軍勢の殿《しんがり》についた。それで、およそ六千になった。弥次郎は、昨夜景満に詫びを入れたらしい。それは景満から聞かされていたが、どういう話になったのか円心は知らない。

騎馬隊を中心とする三千五百を率い、円心は桂川沿いに北上した。六波羅では、北の探題《たんだい》北条仲時《ほうじようなかとき》が、弥次郎の動きに慌てて、深夜から敗走の軍を立て直しはじめているという。浮羽の知らせだった。京に六波羅の総勢五万。これは、円心が予想したより、一万は多かった。

帝と上皇は、御所から六波羅に移った気配だという。六波羅の慌てぶりが、眼に見えるようだった。楠木正成だけが、反幕の闘将ではない。円心には、その思いだけがあった。

桂に到着した。ここから、東へ真直ぐに攻めれば、六波羅である。景満の軍勢が、すでに戦をはじめていることも、浮羽から知らされた。

「この川を、渉《わた》らなければなりません」

光義は言った。対岸の六条河原《ろくじようがわら》には、六波羅勢一万余が堅陣を敷いている。桂川は、水量が多かった。渡渉は無理、とふだんなら判断するだろう。

円心は、一気に突っ走りたかった。ここまで来たのだ。六波羅を、攻めたい。攻めるべきだ。六条河原に布陣した敵は、こちらが渡渉してくるとは、まったく考えていないようだ。軍勢の様子などを、見物しているという感じだった。

攻めたい、もう一度思った。決断は速かった。

「則祐」

呼んだ。則祐が馬を寄せてくる。

「対岸で見物している坂東武者に、播磨の悪党の武者ぶりを見せてやれ」

「おう」

叫んだ則祐が、いきなり川に馬を躍りこませた。数騎が、それに続く。

「みんな続け。先鋒を討たせるのは恥じぞ。播州の武者の意地を見せてやれ」

叫んだのは、光義だった。

全軍が、雪崩《なだれ》をうって川に突っこんで行く。敵陣に、動揺が走るのが、馬上の円心にもはっきりわかった。

「押せっ」

叫んでいた。桂川を渡れば、そこは京である。いま、京に踏みこもうとしているのだ。敵は、迎え撃とうともしなかった。北条仲時が、自ら指揮を執っているわけではないらしい。勢いに押されたように、河原から退がっていく。

「騎馬隊、前面に出よ」

対岸に駈けあがり、円心は命じた。渡渉で崩れた陣形は、すぐに整った。敵。二百騎ほどだ。果敢に突っこんできた。

「射落とせ」

徒の中の弓隊に命じた。矢の唸り。次々に敵が倒れていく。矢をかいくぐって突っこんできた敵を四騎、則祐と光義が鮮やかに斬り落とした。

「突っこめ。蹴散らしてやれ」

叫びながら円心は太刀を抜き、馬腹を蹴った。退きかけていた敵の中に、踏み留まる者はいなかった。一万が、敗走していく。しかし殿《しんがり》は、しっかりしていた。倒されても倒されても、新手《あらて》を出しながら退がる。原野ではない。京の中央部である。縦横に攻めるというわけにはいかず、円心はただ勢いで押し続けた。陽が落ちはじめている。

「火をかけよ」

家を燃やして篝にすればいい、と円心は思った。数軒の家から火があがった。揉みに揉んだ。まだ押し続けている。別の方面からも、戦の気配が伝わってきた。北上して京に攻めこんできた、景満の軍だ。

「お館」

返り血で赤く染まった景満が、先頭を駈けてくる。合流した。六波羅は、もう遠くない。いつの間にか夜に入っていたが、方々で燃える家が、京の大路を赤く照らし出している。

「六波羅は、そこだ。押せ。押し続けよ」

勢いは、まだあった。敵の抵抗は強くなったが、さらに押し続ける。円心自身も、血にまみれていた。

兵が疲れはじめている。敵は、退がりながらも、次々に新手をくり出してくるのだ。しかし、あとひと息だった。六波羅に、太刀の先がもう届く。

蓮華王院《れんげおういん》まで、押しまくった。

「六波羅はそこぞ。休むな。あとひと息だ」

叱咤したが、敵は動かなくなった。まるで巨石にでもなったように、どう押しても動かなくなった。

前面に出ようとした円心を、則祐と光義が止めた。ひとりでも二人でも斬れば。誰かひとりが道を開けば。その思いだけがあった。蓮華王院を突破すれば、六波羅なのだ。

「新手が、一万は加わっております、父上。そして、敵は必死です。父上を前に出すわけにはいきません」

「六波羅はそこぞ、則祐」

「無理です。押されはじめています」

搦手からも、新手が攻めあげてきた。それも、およそ一万。これまでの敵に加えて、新手が二万だった。

あと一万の兵力があれば。円心は、歯をぎしりといわせた。

「退け」

ひと言。則祐と光義が、大声で退却の合図を出す。仕方がなかった。このまま押せば、全滅するのは眼に見えている。

「生きて、帰れ。生きることだけを、考えよ」

　呟くように、円心は言った。

　誰かが、円心の馬の轡をとった。黒蛾だった。雑兵姿で、見慣れぬ笠印《かさじるし》を付けている。則祐、光義ほか六騎ばかりが続いていた。

　敵。黒蛾は、意に介さずそれにむかっていく。味なことをやる、と円心は呟いた。それから胸を張る。黒蛾の笠印が、敵味方の識別を誤らせているのだ。

「光義、敵は？」

「景満殿と、それに付けた河原弥次郎が」

「仕方あるまいな。生きて戻ればよいが」

　敵の中を進みながらの、会話だった。円心は、笑い出しそうになった。敵中を堂々と進んでいる自分の姿もおかしかったが、憑《つ》かれたように六波羅を攻めてしまった自分も笑いたかった。

「ここまででございます」

　鳥羽へ出たところで、黒蛾が言った。

「これより先は、敵に紛れることはできません。男山《おとこやま》の方は討手も少ない様子。そこまで、全力で駈けてください。殿の運を、私は信じております」

「わかった」

追撃の軍は、笠印などに惑わされず、厳しい詮議をしているということだろう。

「久々知で会おう」

誰にともなく言い、円心は馬腹を蹴った。

則祐も光義も付いてくる。敵。蹴散らした。六騎に減っていた。構わず、駈け続けた。馬が潰れて、一騎減った。円心の馬も、いつ潰れるかわからない状態だった。それでも、駈けるしかなかった。鳥羽を出たところからまったくの闇で、敵はどこにも潜んでいそうだった。

死ぬ時は、死ぬ。それだけのことだ。そう思いながら駈けた。

男山の、岩清水八幡《いわしみずはちまん》で、馬が潰れた。

「歩くしかあるまいな」

淀川沿いには、追撃の軍勢がいるだろう。藪の中を、しばらく歩いた。則祐も光義も、馬を捨てている。わずか四人だった。

草の中に潜んだ。追撃の兵が多く、歩き回るのは危険だった。むしろ、明るくなってからの方が、その危険は少ないだろう。

負けた。草の中にうずくまっていると、それははっきり感じられてくる。京都《きょうと》攻めには負けたが、まだ生きている。

すぐに夜が明けた。

山崎にむかう途中で、追撃戦に遭遇した。弥次郎である。二十騎ばかりに追い立てられ、五騎で逃げてくる。

「伏せよ。弥次郎は、儂を見た。なにかやるであろう」

四人が、伏せた。弥次郎はその前を駈け抜け、反転して戻ってきた。追ってきた騎馬武者が、小さくかたまる。弥次郎が斬りこんだ。二十騎の騎馬武者の背後から、円心は襲いかかった。鎧を摑み、ひとりを斬り落とす。その時円心はもう、馬上にいた。則祐も光義も馬上だ。あっという間に、形勢が逆転していた。狼狽した敵が、次々に斬り落とされていく。

「山崎まで駈ける。まとまっておれよ。山崎を過ぎれば、逃げきれる」

言って、円心は駈けはじめた。

二度、徒を蹴散らして駈け、六騎に減った。それでも、山崎を過ぎた。

追撃の先鋒の二百騎ほどをかわすと、もう敵は見えなくなった。

久々知まで、なんとか戻った。すでに、二百ほどの兵は戻っていた。二人、三人と、原野から姿を現わしてくる。ほとんどが、馬は失っていた。

「布を持ってこい。陣幕の切れ端でもよい」

本陣の床几《しょうぎ》に腰を降ろして、円心は空を仰いだ。用意された布に、円心は筆で龍という字を書いた。意味はなかった。渾身の気迫をこめて、ただ書いた。字が、生きているもののように見えた。

「旗にして掲げよ、光義」

それだけ言うと、円心は床几から崩れるようにして、大の字になった。

多分、眠ったのだろう。

城に戻った兵が、五百近くになっているようだ。貞範も戻っていた。

弥次郎が、平伏していた。なにが起きたのか、円心はすぐに悟った。

「景満が、死んだか」

「赤松円心と名乗り、敵中に斬りこまれました。それがしだけが、おめおめと生き恥を晒《さら》しております」

「戦だ、弥次郎。死者を悔やむまい」

「しかし」

「景満は生きていよう、おまえの中に」

「はい」

弥次郎は、泣いていた。上月《こうづき》景満。死なせたのは、自分ではないのか。無謀に京に攻めこんだ結果が、これではないか。

「景満の代りは、おまえがするしかないぞ、弥次郎」

「景満殿ほどの働きはできません。しかし河原弥次郎、命をかけて景満殿の」

途中から、嗚咽《おえつ》になった。

「生きて、恥だとは思うまい、弥次郎。生きている間は、闘うしかないのだ。儂もおまえも、悪党ではないか」

惜しい、という思いを、円心は押し殺した。これが、戦なのである。

龍と大書した旗が、はためいていた。

円心は、床几に腰を降ろした。空腹を感じた。生きている。だから腹が減る。浅ましいことではない。光義を呼び、円心は兵糧を命じた。

5

千早城は、膠着を続けていた。

攻めあぐねた攻囲の軍勢は、明らかに戦に倦んでいた。大塔宮の城外からの支援に対しても、あまり大きな反応を示そうとしない。兵糧運送の軍勢が襲われると、そのたびに数千の軍勢を動かしたが、それもかたちだけのように頼季には思えた。

大塔宮の動きは、活発だった。四条隆貞もよく動いた。兵糧を完璧に断つことはできなかったが、攻囲の軍勢が乏しい兵糧で、さらに戦意をなくしつつあるのは、眼に見えるようだった。

それでも、大塔宮は苛立っていた。

「牛のまわりを飛び回る、蝿のようなものだ。いくら飛んでも、尻尾を振り回して追うだけではないか」

自嘲的な口調で、頼季にそう言ったことさえあった。

集まってくる兵が、大塔宮が期待したほどに増えない、というのもあった。自分が集めれば、五万や六万の兵は、という気持を大塔宮はいつも持っているのだ。

兵が集まらないのは、武士の層があまり動こうとしないからだ。御家人は別として、土豪と呼ばれる在地の武士たちは、両端を持しているという感じがある。鎌倉の幕府は、まだ強いと見ているのだ。

令旨《りょうじ》は、毎日のように出されていた。しかし大きな動きは、播磨の赤松円心が、摂津に進攻していることぐらいである。

その大塔宮の陣営が、わき返るような知らせがもたらされた。

隠岐《おき》で幽閉の身にあった帝が、脱出し、伯耆《ほうき》にいるという知らせだった。京にも帝はいるが、それは幕府が勝手に立てたものである。誰も認めてはいない。

「名和湊《なわみなと》というが、知っているか、頼季？」

「名和長年《なわながとし》という豪族の拠るところでありましょう。その豪族がどういう人物なのかは、知りませんが」

「しかし、よくぞ島を脱けられたものだ」

「強い運をお持ちなのです。これで、われらの戦にも、いっそう勢いが出ます」

しかし、伯耆の様子が、すぐにわかるわけではなかった。相変らず、同じような毎日が続いた。

千早城から人が出てくるのは、三日か四日に一度で、それは合図によって知らされる。銅鏡に光を当て、その照り返しで知らせてくるのである。すると小さな戦が起きる。

十重二十重に囲んでいるので、城から出るなどということは思いつかないのか、攻囲軍はなにをしようともしなかった。

摂津にいた赤松円心が、六波羅の援軍を破り、一気に京を攻撃したという知らせが入ったのは、そういう時だ。陣営は、またわき返った。一日で円心は京から引き返しているが、蓮華王院まで攻めこんだのだという。

京を攻めたというのは、大きな出来事だった。いままで、誰もなし得なかったことだ。幕府は強いという、武士の気持の底にあるものが、いくらか揺らぐかもしれない。

帝の隠岐からの脱出と、赤松円心の京攻めは、すぐに千早城の楠木正成に知らされた。同時に、攻囲軍の中にも拡がり、少なからぬ動揺を招いたようだった。兵糧の欠乏や病を理由に、領地に帰る武士も出はじめているという。

名和長年に推戴《すいたい》されて、帝が伯耆船上《せんじよう》山に兵を挙げた。その知らせが、また入ってきた。船上山からは、全国に綸旨《りんじ》が発せられるだろう。

それでも、勝ったという雰囲気はなかった。船上山がいつまでもつか。誰もが考えたのがそれである。金剛山ほどに、船上山は攻囲を支えきれるのか。周辺の武士はどちらに傾いているのか。

伯耆の詳しい情勢まで、知っている者はいないのである。

「頼季、兵一千を率いて、私は摂津へ行こうと思う」

「なぜでございますか？」

「このままでは、いつか金剛山は破られる。正成とて鬼神ではないのだ」

陣屋で考える時が多くなっていた大塔宮が、頼季を呼んで言った。

「ここでまた船上山が落ちるということになれば、幕府にどう抗《あらが》っても無駄と思う者も出よう。その前に、せめて京を奪い、帝の還幸を迎えるべきではないだろうか」

一理はあった。しかし、そうたやすく京を奪えるのか。円心でさえ、一日で帰ってきている。多分、京での戦には負けたのだ。一度攻めこんだことに意味がある。いまはまだ、その程度のことではないのだろうか。

大塔宮の決意は、揺らぎそうもなかった。千早城の支援だけが戦ではなく、ここに大塔宮がいなければならぬという理由もない。敵の兵站を乱す戦は、大塔宮がいなくてもできるのだ。

「楠木殿の同意が、必要ではありませんか？」

「正成の戦を実らせるのも、やはり京だとは思わぬか、頼季？」

「わかりません。ただ、城の内と外であろうと、ひとつでございます」

「ならば、私は千早城に入り、正成と会って話そう」

それは、正成も望んでいないだろう。

頼季が、正成と会うしかなかった。すぐに、鏡による連絡が取られた。

城から出てきた少勢。小さな戦。ひとりが城に潜りこむのに、大き過ぎる危険はなかった。

頼季を見て正成は頷き、大塔宮の書状を開いた。その手が皺《しわ》だらけで、何重にも皮が剝けているのに、頼季は眼をやった。正成は、この間会った時より、ずっと憔悴《しょうすい》していた。兵たちも、疲れきっているように見える。

「帝が、船上山におわす。それを聞いた時は、涙が出ましたぞ、頼季殿」

「倒幕にむかって、事態はすべてよい方へむかっています。あと少しの辛抱である、とそれがしは思います」

「大塔宮様は、華々しい戦をなさりたいのであろう。お気持はよくわかる。摂津へ行かれるというのを、この正成がお止めするわけにもいかぬ」

「しかし」

「赤松円心殿が、いまの京をどう見ておられるかだ。いま京を窺えるのは、赤松殿だけであろう。赤松殿は、また京を攻められるのであろうか」

「わかりません。もともと、あまり心を人に明かしません。期するところはある、と思いますが」

「京を奪えれば、確かに儂は助かる。大塔宮様の言われる通りだ。しかし、無理をして奪った京では、どうにもならぬ。いつ奪い返されるかわからぬようでは、帝の還幸も仰げまい」

「まだ幕府は強い、と思われますか？」

「強いな」

正成は、片脚を土間に投げ出した。眼をそむけたくなるほど、足にも垢が溜っていた。

「攻囲の軍勢は、儂が思ったほど減らぬ。それは、幕府の腰の強さであろう」

「兵站を乱したり、撹乱をしたりは、懸命にやっております」

「わかっておる。それでも、思ったほど減らぬ。攻囲の軍勢の数を見ながら、儂は毎日幕府の腰の強さを測っている。軍勢があまり減らぬのは、これが幕府のすべての力ではないからだ。そうではないことを、軍勢のひとりひとりが知っているからだ」

「鎌倉には、まだ力があると？」

「外様《とざま》の、大大名がいる。足利《あしかが》や新田《にった》が。そこまで出してきた時、幕府は力を出しきったということであろうな」

「なるほど」

「城外を、見てみるがいい、頼季殿。この城を攻めるには、五万でも多すぎる。それを、数十万張り付かせたままだ。全国の武士に、力を見せつけておるのよ、幕府は。その上関《かん》東《とう》には、まだ大きな勢力を残している」

「まだ早い、と楠木殿は思っておられますな。実《み》が熟したようには、京は落ちぬと」

「赤松殿が、その熟《う》れ具合を最もよく知っておられるはず」

投げ出した片脚を、正成は皺だらけの手で揉んでいた。

「それにしても、赤松殿はよくぞ蓮華王院まで攻めこまれたものだ。声を出せば、六波羅に届くところだ」

「楠木殿の籠城を、できるだけ早く終らせたかったのだと思います」

「そんなことはない。赤松殿は赤松殿で闘い、儂は儂で闘っている。ただ、少なくとも赤松殿の闘いが、儂には救いになっている。前にも言ったことだが」

頼季は、なにも言えなくなった。男が、男として認め合っている。そこに、自分ごとき者の入る余地があるのか。

「大塔宮様は、摂津へ行かれると思います。赤松円心がどうお迎えするかは、わかりませんが」

「それでよいぞ、頼季殿。大塔宮様も、儂が城に籠っているのを眺めてばかりでは、お苦しいことであろう。誠実なお方だけに、放ってはおけぬと思われているのだ」

それはわかっていた。正成が、円心が、といつも気にしている。自分の代りに闘い、苦しんでいるのだ、という気持が捨てきれず、それが苛立ちになってしまうのだ。

「いずれまた、お目にかかります、楠木殿」

「いずれな。大塔宮様には、頼季殿のようなお方が必要だ。言われることを、わがままと取ってはならん。いつも、闘う者のことを考えておられるのだ」

「眼から鱗が落ちた思いです、それがしは。楠木殿も、御健勝で」

この城に留まり、ともに闘わせてくれ、という言葉を頼季は呑みこんだ。言っても、正成は笑うだけだろう。

「この正成、あと半年は耐え抜いてみせる。赤松殿に、そう伝えてくれ」

頼季は、ただ頭を下げた。

大塔宮が、麾下の半分の軍勢を率いて進発したのは、三月も中旬を過ぎてからだった。

船上山からは、各地に活発な綸旨が出されていた。それでも、船上山に大兵が集まるということはなかった。千早城の攻囲の軍勢も、ほとんど減ってはいない。

一千の軍勢が、河内と摂津の国境にさしかかった。

楠木正成と赤松円心は、これほど近くで闘っているのかということが、行軍してみればよくわかった。

国境に、龍という字を大書した旗が翻っていた。

五十ほどの供回りで、円心が出迎えていた。

「大塔宮の軍勢である」

頼季が言うと、馬から降りて立っていた円心が、片膝をついた。

「久しいのう、赤松円心。見事な働きだ」

闊達に言って、大塔宮も馬を降りた。床几が差し出される。

「則祐は？」

「山崎におります。わが軍の前衛が山崎でございます」

円心は、片膝をついたまま喋っていた。

「すぐに会えるな。私も、山崎に行こう」

「大塔宮様には、河内、摂津の国境で、兵を募っていただきとうございます」

「そして、京を攻めるか」

「いつの日か」

「すぐにだ。令旨を発すれば、四千や五千は集まる。それで一気に京を揉み潰す」

「無理でございます。それは、京に攻めこんだこの円心が、よく知っております。六波羅にいる軍勢は、およそ五万。その気になれば、十日で十万にはなりましょう。京攻めには、もうひとつ機が熟しておりません」

「熟すとは、どういうことだ。それぞれが懸命に闘ってきた。その力を結集できる時が、機ではないのか」

「負けます」

はっきりと円心が言った。頼季は、大塔宮の後ろに控えて、ただ円心だけを見ていた。

「負ける戦は、してはなりません。傾いた船を、持ち直させるようなものです」

「しかしのう、円心」

「楠木殿には、いましばし、耐えていただかなければなりますまい」

「いつまでも、正成が苦しむさまを見ていよと申すのか？」

「機は、参ります。それに賭けるしかありますまい。いま金剛山と六波羅に集まっている兵は、北条ゆかりの者たち。つまり平氏です。武士には、源氏がございます。その源氏が立つ時がございましょう」

「待て円心。平氏の北条を、源氏に討たせようというのか。それはならぬ。私やおまえや、楠木正成で幕府を倒すのだ。平氏を源氏に討たせることは、平氏の幕府に代って源氏の幕府ができるということではないか。それはならぬ。なんのための、帝の戦だと思っているのだ」

「なんのためであれ、諸国に蜂起した勢力だけで、幕府は倒せませぬぞ。ならば、源氏に倒させればいいのです」

「そしてまた、幕府か」

「いまは、鎌倉の幕府を倒すことです。それ以後のことは、政事が決めることだと、それがしは思っております」

「足利が幕府を作る。それは眼に見えておる。いまこそ、朝廷の軍勢を作らねばならぬのだ。平氏でも源氏でもない、朝廷の軍勢をだ。そして、武士などというものはなくせばよい。朝廷の軍勢を率いるのは、おまえであり、正成であり、名和長年だ。私は、ずっとそう思い続けてきた」

大塔宮のもの言いは、穏やかだった。その穏やかさの内側に、決して消えることのない激しい炎が見える。

「ここで、兵を募っていただきます。平氏が、源氏がというのは、それがしの思いこみにすぎません。いまはただ、幕府を倒すこと。その軍勢の総大将は、大塔宮様でございますぞ」

「だから、京を攻めようとしておる」

「そのお心だけは、円心にもわかります。しかし、すぐには無理なのです。何代にもわたって培ってきた力。幕府はそれを持っております」

それ以上の話を、円心はみんなの前ではしなかった。小高い丘にある社《やしろ》に、大塔宮を導き、二人きりで一日話しこんでいた。

頼季は、一千の兵を丘の周囲に配置した。

大塔宮がなにを言い、円心がどう答えたのかはわからなかった。大塔宮はただ、この社を本陣にする、と頼季に伝えただけだった。

夕刻で、篝が焚かれた。

「大人になったのう、頼季」

立ち去る時、円心は頼季ひとりを呼んで言った。

「大塔宮様に、なにを？」

「なにも。大塔宮様は、自らの考えを述べられた。それに対し、儂はいまの情勢を申しあげた。それで納得された」

ほんとうに納得したのかどうかは、わからなかった。ただ京の情勢について、誰よりも詳しく正確に、円心は大塔宮に伝えることができただろう。そして大塔宮も、ちゃんとした情報があれば、判断力に欠けた人物ではなかった。

「大塔宮様は、この国の将来についてまで、考えておられる。あれが、帝の血を受けておられるということかのう。ただ、その場その場の戦で、生きる考えではない。おまえのようなものがいて、その場の戦はお助けせねばなるまいな」

「はあ」

「幕府が倒れたあと、帝がいかなる政事をなさるのか。それによって、大塔宮様のお考えも生きてくる」

篝に照らされた円心の表情は、穏やかで落ち着いたものだった。この穏やかさの中に、一気に六波羅へ攻めこむほどの激しさも隠されている。

源氏が平氏を討つ、というようなことをお館は申されましたな」

「武士の力が、どれほど強いのか。その武士を二分し、武士同士で闘わせることでしか、武士を倒すことはできぬ。大塔宮様は、それを納得された」

「しかし、源氏が平氏をと言っても」

「足利高氏《たかうじ》に、進発の命が下ったようだ。四日前のことだという」

「足利に？」

「船上山に、帝がおわす。幕府もとうとう、すべての力を出しきる決心をしたのであろう。足利が出てくれれば、源氏の流れをくむ武士も動こう」

どう動くのか、円心は言おうとしなかった。

「また会おう、頼季」

「楠木正成殿が、あと半年は耐え抜いてみせると、お館にお伝えくださるようにと」

「まこと、見あげたものだ」

円心が頼季を見つめてきた。頷き返すしか、頼季にはできることがなかった。

『悪党の裔』
初出　「中央公論」一九九一年十二月号〜一九九二年十月号
単行本　一九九二年十一月　中央公論社刊
文庫　一九九五年十二月　中公文庫刊
本書は、右文庫『悪党の裔　上』の新装版です。

中公文庫

悪党《あくとう》の裔《すえ》（上《じょう》）
——新装版《しんそうばん》

1995年12月18日　初版発行
2021年10月25日　改版発行

著　者　北《きた》方《かた》 謙《けん》三《ぞう》

発行者　松田 陽三

発行所　中央公論新社
〒100-8152　東京都千代田区大手町1-7-1
電話　販売 03-5299-1730　編集 03-5299-1890
URL http://www.chuko.co.jp/

DTP　ハンズ・ミケ
印　刷　三晃印刷
製　本　小泉製本

Published by CHUOKORON-SHINSHA, INC.
Printed in Japan　ISBN978-4-12-207124-7 C1193

各書目の下段の数字はISBNコードです。978－4－12が省略してあります。

中公文庫既刊より

き-17-8
絶海にあらず（上）
北方謙三
京都・勧学院別曹の主、純友。赴任した伊予の地で、「藤原一族のはぐれ者」は己の生きる場所を海と定め、律令の世に牙を剝いた！　渾身の歴史長篇。
205034-1

き-17-9
絶海にあらず（下）
北方謙三
海の上では、俺は負けん――承平・天慶の乱で将門とともにその名を知られる瀬戸内の「海賊」純友。夢を追い、心のままに生きた男の生涯を、大海原を舞台に描く！
205035-8

き-17-10
魂の沃野（上）
北方謙三
加賀の地に燃え拡がる一向一揆の炎。蓮如や守護・富樫政親との奇縁から、闘いに身を投じることになった地侍・小十郎の青春を描く血潮たぎる歴史巨篇開幕！
206781-3

き-17-11
魂の沃野（下）
北方謙三
蓮如の吉崎退去、小十郎の恋、そして守護・政親の強権。加賀の雪が、血に染まる時が近づいていた。一向一揆を生きた男たちそれぞれの明日。〈解説〉清水克行
206782-0

S-14-18
マンガ日本の古典 18 太平記（上）
さいとう・たかを
鎌倉幕府滅亡から南北朝時代を経て足利義満が将軍に就くまで――。「劇画」の第一人者が、合戦につぐ合戦に彩られた時代を迫真のタッチで描く。
203721-2

S-14-19
マンガ日本の古典 19 太平記（中）
さいとう・たかを
楠木正成や佐々木道誉、高師直など、伝統的な秩序を乗り越えて自己の欲求実現を追求する「新しい」武将たちを、劇画界の巨匠がいきいきと描き出す。
203738-0

S-14-20
マンガ日本の古典 20 太平記（下）
さいとう・たかを
後醍醐帝崩御から十年後。夜空に雷光が走りぬけ、将軍塚が鳴動、清水寺が焼亡するなど、京に不吉な現象が続く。磐石の尊氏政権に再び騒擾勃発か……。
203751-9